지울 수 없는 기억들

KB160125

범우문고 314

지울 수 없는 기억들

홍애자 지음

범우사

6

■ 이 책을 읽는 분에게

지금 이 자리에서 다시 내 문학으로의 여로를 되새김
해 보고자 한다.

초등학교 시절부터 글쓰기를 하려면 가슴 설레며 참
으로 즐겁고 행복했다. 유년 시절《새벗》《소년세계》로
부터 여고 시절엔《학원》《문학예술》《현대문학》《사상
계》를 넘나들면서 선배님들을 바라기하며 습작의 길을
택한 지 오랜 세월이 지났으나 늘 아쉽고 부족함을 느
낀다.

80년대에 만난 범우문고에서 내가 존경하는 선생님
들의 작품을 섭렵할 수 있었다. 어느 세계 명작보다도
훌륭한 작품들을 읽으며 내 문학으로의 꿈은 점점 영글
어 갔다. 잠시 글쓰기를 중단한 시기가 있었으나 마침
훌륭한 스승을 만난 계기로 다시 펜을 잡게 되었다.

긴 세월이었으나 수필집 출간은 자주 하지 못했다.

활자화된 순간을 생각하면 두려웠기 때문이다. 오랜 퇴
고를 통해서만 안심을 할 수 있었고 밖으로 내보낼 수
있었다. 십수 년 만에 두 번째 수필집을 출간하고 이어
수필 선집이 출간되었다.

　이제 2020년은 내게 큰 행운의 해로 다가왔다. 20
여 년 전 범우문고를 읽으며 부러워했던 그 페이지를
내 글로 넘길 수 있게 되었기 때문이다. 그 기쁨을 안겨
주신 윤형두 회장님과 범우 가족들께 감사의 말씀 올린
다. 앞으로 더욱 겸손히 순전한 글을 쓸 것이다.

2020. 1. 경자년에

홍 애자

문 패

아파트 10층으로 이사를 했다. 날이면 날마다 하루
에도 수차례 승강기를 이용하면서 함께 탄 사람이 몇
층에 사는 이인지, 외부 손님인지 아닌지도 모른 채 몇
달이 지났다. 밀폐된 좁은 공간에 어색하게 마주보며
서 있다가 제가끔 자기 영역으로 사라지는 사람들, 한
마디 대화도 없이 승강기에 서 있는 순간은 여간 거북
스러운 게 아니다. 차츰 시간이 지나면서 서로 인사를
나누게는 되었지만 아직도 누가 누구인지 미처 파악하
지 못하고 있는 형편이다. 그래서인가 이곳으로 이사를
온 후부터 새삼 옛날 내가 살았던 정다운 집을 그리워
하곤 한다.

어렸을 때 우리 집 대문 사이로 들여다보이던 꽃밭에

는 채송화와 분꽃, 맨드라미가 어우러져 피어 있고, 나
팔꽃이 곡예를 하듯 기어오른 담장 위엔 노란 해바라기
가 웃고 있었다. 그때 우리 집 대문 기둥에는 나무 문패
가 걸려 있었는데, 비가 오기라도 하면 행여 문패의 글
씨가 지워지지 않을까 조바심을 내곤 하였다. 어느 날
인가 그 나무 문패가 떼어지고 강원도 차돌로 만든 돌
문패가 걸렸다. 나는 하도 신기하여 밖에 나갔다가 돌
아올 때면 반질반질한 문패를 만져보기도 하고 뺨을 돌
려가며 대보기도 했는데, 그때마다 시리도록 차디찬 돌
의 느낌이 여간 좋은 게 아니었다.

　6·25 전쟁이 일어나자 아버지는 피란 준비를 하면
서 먼저 문패부터 챙기셨다. 다른 중요한 것도 많은데
하필이면 왜 문패를 먼저 챙기실까 이상하게 생각했지
만 여쭈어보지는 않았다. 그 문패는 피란 보따리 속에
몇 달을 싸여 있다가 1·4 후퇴 때는 다시 우리 식구와
함께 충청도에 있는 장수라는 마을까지 갔다. 그 마을
은 천안에서도 사십여 리는 더 들어가는 벽촌으로, 동
네 사람들이 순박해 보여서 비록 낯설기는 하지만 마음
을 놓게 되었다.

　나는 그곳 월랑초등학교에 편입을 했다. 그런데 이상

한 것은 문패가 걸려 있는 집이 한 집도 없는 것이었다. 이 마을 사람들에게는 문패 같은 것은 필요 없는 듯이 보였다. 그래도 누구네 집이라고 하면 다들 잘 아는 것이 신기했다.

어느 날, 학교에서 돌아와 보니 아버지가 기다란 나무토막을 열심히 대패질하고 계셨다. 꼭 문패만 한 길이로 반듯반듯하게 자른 것이 수십 개나 되었다. 아버지는 깨알같이 글씨가 적힌 종이쪽지를 내게 건네주시고는 아무 말씀도 없이 먹을 가시는 게 아닌가.

그 쪽지에는 동네 사람들의 이름이 적혀 있었는데, 아버지가 내게 무슨 말씀을 하시려는지를 이내 알아차렸다. 나는 아버지가 대패질해 놓은 나무토막에 하나하나 이름을 쓰기 시작했다. 나중에는 허리가 아프고 손목이 시큰거렸지만, 그래도 글씨를 쓰는 일은 재미있었다. 문패는 하나씩 니스가 칠해지고, 글씨 쓰는 일은 거의 어둑어둑해서야 끝이 났다. 목장갑을 낀 손으로 문패를 어루만지며 흡족해하시는 아버지를 보자 피곤이 싹 가시는 것 같았다. 한자로 쓴 문패를 동네 어른들은 만족해하는 듯했다. 나는 으쓱거리고 돌아다니면서 내가 쓴 문패들을 보고 또 보았다. 집집마다 문패를 달아 놓으니 초라하게 보이던 집이 의젓하게 보이고, 좋은 집은 더 훌륭하게 보였다.

휴전이 되어 우리가 서울로 올라가는 날 외가댁을 다녀가는 것처럼 마을 분들이 손수 농사지은 잡곡과 옥수수, 감자, 누런 호박 덩어리까지 실어주었다. 눈물을 글썽이며 작별을 아쉬워하는 동네 어른들과 친구들이 마을 어귀까지 따라나와 배웅을 해주었다.

서울로 온 후에도 방학 때만 되면 한동안 마음 설레며 고향을 찾는 것처럼 그 마을에 가서 정다운 얼굴들을 만나보는 것이 내게는 큰 즐거움이었다. 구수한 밀전병을 부치는 냄새가 동리 어귀에까지 풍기고 이 집 저 집 사립문이 바쁘게 여닫히며 부침개 접시가 들락거리던 그 마을을 나는 오랫동안 찾아가곤 했다.

요즘 아파트나 빌라 단지에는 집집마다 문이 굳게 잠겨 있을 뿐만 아니라, 문패가 걸려 있는 집을 거의 찾아볼 수가 없다. 이웃에 사는 사람이 누구네인지 성도 이름도 모르고 지내는 게 보통이다. 문패를 달아 놓는 것은 마음을 열어 놓는 일이나 같다고 생각하지만, 나 역시 쉽게 실행에는 옮기지 못하고 있다. 많은 사람들은 마치 컴퓨터에 입력된 목록처럼 숫자만을 내걸고 살아가면서, 성씨나 이름 대신 몇 동 몇 호로 불리는 데 점점 익숙해지고 있다. 문패가 있든 없든 그것이 생활에 큰 불편을 가져오는 것은 아닌데도, 어릴 때 보았던 정다운 문패가 그리워지는 것은 웬일일까. 비록 숫자가 문패를 대신하는 시대에 살고는 있지만, 그 옛날 문패에 담긴 향수는 달랠 길이 없다.

브람스를 좋아하세요

대학로에 있는 정미소엘 갔다. 20여 일간의 공연이 어선지 공연장에 관객은 많지 않았다. 오늘의 주인공인 연극인을 만나러 온 진지한 분위기가 가득하다.

정미소극장은 모 연극인이 심혈을 기울여 만든 실험 극장이다. 공중목욕탕을 개조하여 만든 이 극장은 건축가의 자유분방한 미적 감각이 은은하게 풍기고 소박함이 엿보인다. 뚫린 천장으로 보이는 배관들, 시멘트가 그대로 드러난 벽이나 무대 가장자리는 멋들어지다.

연극은 프랑수아 사강의 소설 《브람스를 좋아하세요》를 주인공의 새롭게 시도한 음악과 절묘한 조화를 이뤄낸 이색적인 그놀로그다. 브람스의 아름답고 촉촉한 음악과 영상이 내레이션과 어우러져 가슴 뭉클한 저

편의 기억들을 떠올리게 한다.

학생 시절 클래식에 심취해 본 때가 있었다. 종로 뒷골목에 있는 '르네상스'라는 클래식 음악 감상실에 틀어박혀 신청곡을 여러 번 건네며 몇 시간씩 보냈다. 그곳에서 제일 먼저 만났던 음악이 베토벤 바이올린 곡이었는데 베토벤이 유일하게 남긴 단 하나의 바이올린협주곡이다.

이 곡을 완벽하게 외우게 된 것은 수 개월이 지나서였고 다음으로 만난 곡이 브람스곡이다.

어느 날 우연히 브람스 첼로소나타를 들으며 그 곡에 매료되어 매달렸다. 그러면서 차츰 브람스의 가슴 아팠던 사랑과 그의 음악 세계를 알아가기 시작했다. 감상실에 비치되어 있던 문헌을 빌려 밤늦도록 읽으며 눈물을 흘리고 설레기도 하면서 브람스에 빠져들었다.

브람스 가슴속엔 어느 날 운명 같은 감정이 싹트기 시작한다. 스승인 슈만의 부인 클라라를 사랑하게 된 브람스는 감정을 억누르고 자제하면서 고뇌와 번민에 시달리게 된다.

그의 음악에는 우수와 깊은 외로움이 묻어 있다. 클라라를 연인으로 품고 그녀만을 사랑하면서도 홀로 애

만 태워야 하는 그의 음악에는 가슴을 아리게 하는 애
끓는 사랑의 비가 내리고 있다.

클라라를 향한 브람스의 독백을 읊어본다.

우정이라 하기에는 너무 오래고
사랑이라 하기에는 너무 이릅니다
당신을 사랑하지 않습니다
다만 좋아한다고 생각해보았습니다
남남이란 단어가 맴돌곤 합니다
어처구니없이…
난 아직 당신을 사랑하고 있지만
당신을 좋아한다고는 하겠습니다
외롭기 때문에 사랑하는 것이 아닙니다
사랑하기 때문에 외로운 것입니다
누구나 사랑할 때면 외로운 것입니다
당신은 아십니까
사랑할수록 더욱 외로워진다는 것을…

주인공은 멋들어진 정장을 걸치고 카리스마가 풍기
는 표정과 목소리로 독백을 한다. 마치 사강처럼, 브람
스처럼. 어둑한 무대의 조명 아래 긴 그림자를 늘어뜨

린 그녀는 16세기 그 시절의 클라라가 되기도 하고 술과 담배와 무절제 속에서 두 사람의 삶을 비웃는 사강이 되기도 한다. 클라라를 연모하며 독신으로 살던 브람스의 '강철 같은 사랑', '브람스의 눈물', '나의 사랑은 녹색' 같은 우수에 깃든 선율을 타고 깊은 사유와 애정으로 표현한다. 가슴이 떨려오고 숨이 가쁜 순간이 몇 번이나 교차한다.

핏빛 같은 붉은 드레스의 그녀가 노래를 부르기 시작한다. 브람스 교향곡 3번 3악장 멜로디를 프랑스 샹송 가수 제인 버킨이 편곡해 부른 〈페드라의 노래〉를 재해석하여 부른다. 심장이 펄펄 끓는 그녀의 감성에 급속히 빨려 들어간다. 얼마 만에 느껴보는 사랑과 행복감인가. 나는 조용히 눈물을 삼킨다. 스승의 부인 클라라를 깊이 사랑하면서도 끝내 타인이라 스스로 뇌이던 브람스, 그의 음악 곳곳에 목말라하는 절절한 사랑이 절정에 다다른다.

목젖을 스쳐 횡격막을 짓누르는 지나간 옛사랑의 소용돌이가 멈출 줄을 모르고, 내 안에 머물지 못한 그리움이 되살아 가슴속이 터질 듯하다.

프랑수아 사강과 브람스, 클라라 슈만의 영혼을 불

러내어 잠시 동안이나마 핑크빛 꽃잎에 내 마음을 실어
준 그녀에게 손바닥이 얼얼하도록 박수를 보낸다.

가족사진

거실 한쪽 벽에 큼직한 가족사진이 걸려 있다. 이 사진은 큰딸의 약혼식이 있던 날 기념 삼아 찍은 것인데, 모두 활짝 웃으며 멋지게 어우러진 사진 속의 얼굴들이 마치 한 폭의 그림과도 같다. 어느 날 문득 그 사진 속에 친정아버지가 계시지 않은 게 눈에 들어왔다. 늘 예사로이 보며 지나쳤던 사진에서 뒤늦게야 아버지의 존재를 생각하게 되었으니 나의 무심함이 그대로 드러나 순간 얼굴을 붉히고 말았다.

혼자되신 아버지를 모시고 산 지가 어느 사이 이십여 년이 되었으나 가족사진을 찍으러 갈 때마다 우리는 아버지를 모시고 간 적이 없었다. 아이들은 하나라도 빠질세라 세심하게 챙겼으면서도 누구 하나 아버지를 생각해 드리지 못했다. 그러면서도 아버지에게 미안하다는 생각조차 해보지 않았다.

사진 속에 번번이 아버지의 자리가 없었던 것은 내 마음속에 아버지가 마치 손님처럼 자리를 잡고 있었기 때문일까. 친정아버지를 내 가족의 한 구성원으로 생각하지 못한 것은 어디에 기인된 것일까. 가족사진을 보고 있자니 아버지께 죄를 진 것만 같아 가슴이 아팠다. 이따금 거실에 나와 앉아 계실 때면 분명 사진을 바라보셨을 텐데, 그럴 적마다 아버지는 무슨 생각을 하셨을까.

6 · 25 전쟁이 일어났을 때 아버지는 제일 먼저 안방 문설주에 나란히 걸어 놓은 사진틀을 모두 내려놓으셨다. 방을 드나들 때마다 고개를 쳐들고 발뒤꿈치를 높이 들어야만 간신히 보이던 사진틀을 죄다 떼어놓으니 제일 신이 난 사람은 바로 나였다. 늘 자세히 보고 싶었던 친척들과 우리 식구의 사진들이 촘촘히 붙어 있는 것을 가깝게 볼 수 있다는 게 무척이나 좋았다. 거기에는 카이저수염을 길러 근엄해 보이는 증조할아버지와 가르마가 반듯한 증조할머니 그리고 외가댁 어른들의 모습이 있었다. 백일과 돌에 찍은 내 어린 모습도 들어

있었다.

아버지는 사진을 한 장씩 떼어 창호지에 싸서 이불 갈피에 넣으셨다. 그러고는 대청에 걸려있는 태극기도 내렸다. 평소 아버지가 훌륭한 분이라고 생각하게 된 것은, 친구들 집에 놀러가 보아도 태극기를 걸어놓은 것을 보지 못했기 때문이다.

우리는 짐만 싸놓은 채 피란을 가지 못했다. 한강다리가 끊어지고 마침내 인민군이 동네까지 들어와 죄 없는 사람들을 못살게 굴기 시작했다. 내무서원이 집에 들이닥쳐 싸놓은 짐들을 모두 풀어헤치고 군화를 신은 채 이 방 저 방으로 다니다가 이불 갈피에 넣어 둔 태극기를 찾아냈다.

태극기를 지니고 있었다는 죄목으로 아버지는 그들에게 끌려가셨다. 아버지를 따라간다고 했다가 총부리로 어깨를 맞았지만 그것보다는 그들의 구둣발에 짓이겨진 사진에 신경이 더 쓰였다. 구겨진 사진을 한 장 한 장 펴 아버지가 하셨듯이 창호지에 조심스레 쌌다. 그들은 계속해서 아버지의 책이며 가재도구에 성냥을 그어대고 내가 들고 있는 사진도 빼앗아 불 속에 던져 넣었다. 전쟁의 비극임을 알 리가 없는 어린 가슴에 시퍼렇게 멍이 들고 말았다.

전쟁이 끝나고 성한 살림살이들은 다 제자리에 놓였다. 안방과 대청에 걸려있던 사진들이 내게 주었던 기억은 정겹고 푸근한 것이었는데, 사진 속에서 만나던 일가친척들을 다시는 볼 수가 없게 되었다.

집안 대소사가 있을 때면 친척들이 모두 모였다. 일년에 서너 번밖에 만나지 못해서인지 부모님은 무척 반가워하셨다. 여러 집안 식구들이 모여 방마다 가득했고 아이들은 제철을 만난 매미들처럼 시끄럽고 왁자지껄했다.

집안의 종손인 아버지는 이런 날이 제일 좋은 모양이었다. 자식이라고는 딸 하나만을 두어 늘 호젓하게 지내시다가 모처럼 사람들이 북적거리면 사람 사는 집 같다면서 흥분하시곤 했다. 집안 행사가 다 끝나 친척들이 떠나기 전날이면 으레 한자리에 모여 사진을 찍었다. 세 발을 버텨놓고 검은 보자기를 뒤집어씌워 놓은 사진기 앞에서 촬영을 했다. 그리고 그 정다운 얼굴들은 다시 만날 때까지 사진틀 속에서 우리와 함께 한 가족이 되어 지냈다.

이렇듯 먼 친척 간의 우애까지 소중히 생각하셨던 아

버지를 내 옆에 모시면서도 그 뜻을 헤아리기는커녕 가족의 일원이라는 생각마저 빼앗아버린 딸이었으니 내색은 없으셨으나 얼마나 서운하셨을지 가늠이 된다.

며칠 전 우연히 어느 사진관 앞을 지나다가 윈도우에 놓여 있는 가족사진을 보게 되었다. 노부모를 가운데 모시고 감싸듯이 서 있는 자손들의 모습은 참으로 화목하고 평화로워 보였다. 표정마다 풍기는 따뜻함이 내게도 전해지는 듯했다. 순간 우리 집 거실에 큼직하게 걸려있는 사진과 비교가 되어 얼굴이 화끈거리고 부끄러운 생각에 그 사진 앞에 더 머물 수가 없었다.

앞으로 몇 번이나 더 가족사진을 찍게 되는지 모르지만 또 그때까지 아버지가 계셔줄는지 모르지만, 그때는 꼭 아버지를 모시고 함께 찍으려고 한다. 그래야만 비로소 완벽한 가족사진이 될 수 있기 때문이다.

낮은 지붕 아래 사는 사람들

어느 해인가 집 근처로 이사 온 친구네를 찾아가느라 골목길로 들어섰다. 널빤지를 아무렇게나 듬성듬성 박아 놓은 허술한 담을 끼고 걷다가 우연히 안을 들여다보게 되었다. 아무도 손을 대지 않은 듯 잡풀이 무성한 공터 한 귀퉁이에 뜻밖에도 배추며 무, 붉은 갓이 심어져 있었다. 누가 여기에다 밭을 일구었을까 궁금해서 둘러보니, 공터 둔덕 밑으로 길과 맞닿은 판잣집 지붕들이 눈에 들어왔다. 지붕 위에 비닐과 천조각을 씌워서 군데군데 크고 작은 돌멩이들을 지질러 놓은 모양이 잠시 내 마음을 무겁게 만들었다.

바람만 불어도 언덕길 흙먼지를 뽀얗게 뒤집어쓸 납작한 지붕들, 화려한 주택가 한가운데 이런 판자촌이 있다는 게 믿어지지 않았다. 금방이라도 허물어질 것

같은 벽에 스티로폴과 헌 담요 조각을 둘러치고 여기저
기에 판자를 대어 못을 박아 놓은 것이 곧 다가올 겨울
채비인 듯 보였다.

얼른 이곳을 벗어나야겠다고 생각하면서도 한동안
발을 떼지 못했다. 내가 찾아가려는 친구 집은, 여기 이
낮은 지붕들 바로 옆에 돌담으로 둘러싸인 우람하게 서
있는 13층 고급 빌라였기 때문이다. 잘 지어진 초현대
식 건물은 이 일대에서 제일 높은 건축물이었다. 문양
을 넣어 장식한 커다란 철문 사이로 들여다 보이는 정
원에는 갖가지 나무와 꽃들이 잘 정돈되어 있어 그들의
부를 자랑하는 듯했다. 왠지 마음이 내키지 않아 친구
를 만나려던 생각을 바꾸어 발길을 돌리고 말았다.

땅속으로 기어들 것처럼 나지막한 판잣집 지붕을 지
나 잰걸음으로 다시 오던 길로 거슬러 올라갔다. 담 모
퉁이를 돌면서 흘깃 돌아다보니 지붕 위에 얹혀 있는
올망졸망한 돌멩이들이 쓸쓸한 모양으로 눈에 들어왔
다.

목덜미가 땀에 흥건히 젖을 정도로 걸음을 빨리하며
걸었다. 마치 무엇에 쫓기듯 그곳을 벗어나려는 나 역
시 이곳에 사는 사람들의 사정이야 아랑곳 없이 안락한

삶을 살고 있기 때문은 아닐까 싶었다.

오래 전 이 동네는 한적한 시골이었을지도 모르겠다. 주인은 따로 있으나 그냥 버려둔 땅에 하나둘 집 없는 사람들이 모여들어 무허가 집을 짓고 살아왔는지도. 당시에는 개발이란 말조차 모를 때였으니 당국에서도 그냥 방치해 두었던 것은 아닐까. 이렇듯 넓은 땅에 아직 새로운 건물이 들어서지 못한 것을 보면 이곳에 살고 있는 사람들과 땅 주인 간에 해결점을 찾지 못한 모양이다. 수년 전에 여기저기 강남 개발의 바람이 불고 갑자기 땅값이 치솟자 서초동 꽃동네로부터 곳곳에 무허가 집들이 헐리던 기억이 되살아났다. 힘없는 사람들의 오열과 울부짖음이 뒤집어놓은 흙무더기에 묻히며 치고받는 몸싸움까지 일어났던 사건이 그리 오래된 일은 아니었기에 아직도 이런 곳이 남아 있다는 게 이상하게 여겨졌다.

며칠이 지난 어느 날 그 길을 다시 지나가게 되었다. 그때 멀찍이 여러 대의 손수레를 길 한가운데 세워 놓고 오가는 자동차 운전자들과 옥신각신 입씨름을 벌이고 있는 무리가 보였다. 한 운전자가 길을 막아놓았다고 언성을 높이자 판잣집 사람들은 먹고살려고 하는 일인데 잠깐을 못 참느냐면서 몹시 흥분한 어조로 떠들었다. 그들은 폐차장에서 실어 온 자동차 부품들을 공터에 다 부릴 때까지 기다리라는 듯 기사들이 불평을 하거나 말거나 잠자코 자신의 할 일만을 할 뿐이었다. 그들의 그런 태도에는 좀 쓸쓸하긴 했어도 어떤 당당함이 보였다.

언젠가는 그곳 판자촌이 다른 높은 담이 세워질 날이 올지도 모른다. 그때를 대비하여 그들은 이렇듯 강인한 자세로 살아가고 있는 것일까. 그들에게는 자신을 지키려는 투지가 엿보였다. 누구에게도 도움을 청하지도 받지도 않을 태세로 다져져 있는 모습에서는 단단히 누르고 있는 지붕돌같은 다부짐이 느껴졌다.

아파트의 높은 담은 여전히 당당한 위용으로 서 있지만, 이제 나는 낮은 지붕 밑에 살고 있는 사람들과 그 지붕에 얹혀 있는 크고 작은 돌멩이를 그저 담담하게 바라볼 수 있게 되었다. 누구보다도 강인한 마음으로 다가올 미래를 향해 최선을 다하는 모습들을 보았기 때문이다.

가난과 고통, 질시를 오히려 삶의 활력으로 승화시키고 있는 그네들에게 마음속으로 박수와 찬사를 보냈다.

닫힌 문

오랫동안 소식이 없던 친구의 전화를 받았다. 십여 년 전에 미국으로 이민을 갔던 그녀는 남편의 직장 때문에 돌아왔다고 했다. 그녀의 음성이 조금 낯설게 들렸지만 무척 반가웠다.

며칠 후 설레는 마음으로 그녀가 살고 있는 아파트에 갔다. 초인종을 눌렀으나 어쩐 일인지 안에서는 아무 기척이 없었다. 혹시 급한 일이라도 생겨 외출을 했나 싶어 다시 한 번 길게 눌러보았지만 굳게 닫힌 문은 좀처럼 열리지 않았다. 하는 수 없이 다시 1층으로 내려가 친구를 기다렸다. 그의 변한 모습을 상상하면서. 친구는 끝내 나타나지 않았다. 경비실 인터폰 역시 받지 않아 서운한 마음으로 발길을 돌렸다.

그날 저녁 나는 그의 남편으로부터 뜻밖의 비보를 들었다. 친구가 세상을 떴다는 것이었다. 내가 찾아간 바로 그 시각에 그녀는 저혈압으로 쓰러졌던 것이다. 어찌 이런 기막힌 일이 일어날 수 있을까. 친구의 부음을 듣고 잠시 어찌해야 할지를 몰랐다. 바로 그 현관 밖에 서 있으면서도 집 안에서 무슨 일이 일어났는지를 몰랐다는 사실이 나를 망연자실하게 만들었다. 점점 꺼져 가는 의식 속에서도 누군가 찾아왔음을 감지했을 친구, 도움을 청하고 싶었어도 어쩔 수 없었을 친구, 내가 조금만 생각이 깊었더라면 그런 비극은 막을 수 있었을 것만 같아 그의 죽음이 마치 내 탓인 것만 같았다.

친구를 실은 운구차를 따라 화장장엘 갔다. 유난히 크고 긴 그곳의 굴뚝이 섬뜩하게 느껴졌다. 잠시 후 그녀는 닫힌 철문 안에서 한 줌의 재로 사라졌다. 불길에 스러져 버린 그의 넋인 양 굴뚝에서는 하얀 연기가 하늘로 풀풀 날아갔다. 허망한 마음을 가누지 못하다가 문득 집에 계신 아버지를 떠올렸다. 그리고 늘 닫혀 있는 아버지의 방문을 생각했다. 지금껏 나는 방문이 그렇게 닫혀 있다는 사실에 무관심했던 것이다.

아버지에 대해 생각을 하자 돌아오는 버스가 유난히

느린 것만 같아 조바심이 났다. 집에 돌아가면 항상 닫혀 있는 아버지의 방문을 활짝 열어 놓아야겠다는 생각을 하니 마음은 더없이 급해졌다.

집에 도착하자마자 아버지의 방에 초인종을 달아 드렸다. 올해로 연세가 아흔다섯인 아버지에게 미처 헤아려드리지 못한 일들이 갑자기 생각나기 시작했다. 아직도 내 마음에는 아버지가 젊게만 여겨지기에 잔신경을 써 드리지 못하는 것일까.

늘 닫혀 있던 방문이 열리면 그 방 앞으로 지날 때마다 구부정히 앉아 계신 아버지의 모습을 바라보곤 한다. 그러고는 방문 사이로 새어 나오는 숨소리를 듣고서야 아버지가 거기 계심을 의식하게 된다. 그러나 처음부터 방문이 닫혀 있었던 것은 아니다. 누가 당신 방에 드나드는 것을 귀찮아하시며 물건들이 제자리에 놓여 있지 않으면 역정을 내시고 극성스러운 손자들 때문에 정신이 없노라고 하시는 아버지를 편안하게 해 드린다는 핑계로 방문을 닫았던 것이다.

그러다가 어느 사이 아이들은 할아버지보다 제 친구가 더 좋은 나이로 커버리고 하나 둘 외국으로 유학길을 떠났다. 아버지에게는 이제야 비로소 아이들의 극성

과 시끄러운 소리들이 필요하고 또 그리워지는 시기가
왔건만, 이미 아버지는 홀로 되셨다. 방문을 여닫는 일
이 뜸해지고 아버지는 혼자 계실 때가 많아졌다. 지금
은 오히려 손자들이 새까만 발로 문지방을 넘나들 때를
그리워하실지 모르지만, 이미 그 방문을 열어 줄 아이
들은 집을 떠나 가까이에 없는 것이다. 때로는 당신만
의 시간을 아끼며 오붓해 하시는 듯 보이기는 해도 그
럴수록 얼굴에 깊게 드리워진 외로움은 감추시지 못하
는 것 같다.

　이따금 아버지의 방 앞에서 서성이며 방 안이 궁금해
도 선뜻 문을 열기가 어려운 것은 무엇 때문일까. 저녁
을 드신 후 소리 없이 방문을 닫고 들어가시면서도 누
군가 당신의 방문을 두드려 주기를 간절히 바랐던 것은
아닐까. 그러다가 어느 날 별안간 홀로 떠나시는 건 아
닐까 두려울 때가 많다. 저마다 바쁜 식구들은 아버지
의 외로움을 느끼기나 할까. 아버지의 유일한 기쁨은
탑골공원 가는 일이어서야……

　언젠가 아버지가 병원에 입원을 하신 적이 있었다.
일주일 만에 쾌차하여 퇴원을 하시게 되었는데, 집으로
가는 길에 탑골공원엘 꼭 들러야 한다면서 어린아이처

럼 조르시는 것이었다. 하는 수 없이 아버지를 모시고 공원으로 갔다. 여기저기에서 놀고 계시던 노인들이 달려와 아버지를 에워싸고 반가워하는 품은 마치 저승에라도 갔던 친구가 살아 돌아온 것처럼 반기는 모습이었다. 매일 놀러 나오던 사람이 하루 이틀만 보이지 않으면 세상을 뜬 것으로 여긴다고 말씀하시는 아버지의 쓸쓸한 얼굴을 차마 바로 볼 수가 없었다.

그 이후 나는 주변에 의외로 닫힌 문이 많이 있음을 보았다. 문 안에서 문 밖을 간절히 의식하면서도 문을 열지 못하는 노인들, 그들은 누군가가 방 앞에 와 발걸음을 멈추지나 않을까봐 귀기울이며 하루하루를 적막하게 지내고 있을지도 모르지 않는가. 닫혀 있는 것이 어디 방문뿐이랴. 마음의 문까지 닫아 놓은 채 소외감을 느끼며 살아가는 분들도 의외로 많을 것이다.

친구의 죽음은 나에게 쉽게 잊히지 않을 큰 충격이었다. 그녀의 죽음은 내게 많은 것을 생각하게 해주었다. 내 부모와 형제 그리고 이웃들과 더불어 살면서 나는 과연 얼마나 문을 열어놓고 지내왔을까. 열어 놓기는 했으나 오히려 발걸음을 비껴가게 만들지는 않았을까.

아버지의 닫힌 방문, 오늘은 슬며시 그 문을 열어 놓

았다. 그리고 내 방문도 활짝 열어 놓고 책상 앞에 앉았다. 간간이 들려오는 기침 소리는 아버지가 아직도 건재하심을 확인시켜 준다. 비록 마주하고 있지는 않지만 아버지의 작은 숨소리를 들으니 오랜만에 마음이 평온해진다.

공초 군단과 청동다방

얼마 전 문학계의 원로 선생님을 뵙게 되었다. 그 자리에서 우연히 60년대 명동거리에 관해 화제가 피었는데 주종을 이룬 것이 〈청동다방〉 이야기였다.

옛 국립극장에서 명동 한복판을 가로지르는 큰 도로는 퇴계로를 마주보며 쾌적한 상가가 형성되어 있다. 청동다방에 들어서면 이상하게도 노스텔지어의 냄새가 배어 있어 문인이나 화가들이 많이 찾았다. 이른 아침부터 공초(空超) 선생님 군단이 모여들기 시작하면서 다방은 활기가 넘치기 시작한다.

내가 처음 공초 오상순(吳相淳)선생님을 만나게 된 것은 여고 졸업반 때 선배를 따라 청동다방에 갔을 때다. 궐련을 입에 문 채 담뱃재가 길게 매달려 있는 것도 모르고 문인들과 이야기에 열중하고 계신 선생님의 모습은 매우 인상적이었다. 탁자에는 두툼한 사인북이 놓여 있어서 누구든지 하고 싶은 말이나 쓰고 싶은 글줄을 적어 놓도록 되어 있다. 이때를 계기로 학교만 끝나면 나는 담배 한 곽을 사가지고 선생님께로 갔다. 여학고 교복을 입고 다방에 드나드는 사람은 나뿐이었다. 차츰 나는 그곳의 일원이 되어갔고 연로하신 선생님들은 내게 '꼬마 문인'이라는 별명까지 지어주며 귀여워해 주었다. 차츰 그곳을 드나드는 게 내게는 당연한 것처럼 자연스러워졌다.

대학 입시를 얼마 남기지 않은 때에 신문 《청동》이 발간되었고, 나도 그 작업에 참여를 했다. 한 달에 한 번 만들어내는 것이어서 그리 힘들지는 않았다. 작품은 읽었으나 한 번도 뵌 적이 없는 K선생님을 비롯하여 J선생님, 여러 유명한 분들의 글을 싣게 되어 여간 기쁘지 않았다. 매일 매일을 들떠 명동거리를 오가며 대학 신입생 시절을 보냈다. 철필로 써서 만드는 신문은 의외로 인기가 있어서 청동다방에 단골로 다니는 일반손님마저 구독을 해주어 만드는 내게 힘을 주었다.

명동의 명물로 차츰 문인들 간에 소문이 난 청동다방

은 영업이 잘되는 것처럼 보였지만 사실은 실속이 없다
는 주인의 속사정을 들었다. 늘 오는 단골손님은 있으
나 차 한 잔을 시켜 놓고 거의 하루 종일을 보내곤 하기
때문에 정작 손님이 밀려든다 해도 비켜 달라는 말을
하지 못한다고 했다. 공초 선생님의 경우도 그와 비슷
하기 때문에 조금은 미안스러웠다. 한창 친구들과 어울
려 놀러다니고 즐길 나이건만 나는 어쩐 일인지 그쪽으
로는 전혀 흥미가 없었던 것 같았다.

공초 사인북이 6호를 새로 열었다. 그날 첫 장엔 이
미 작고하신 P선생님의 사인이 올라갔다. 어느 날 목포
에서 정규남이라는 청년이 다방을 찾았다. 사인북에 그
의 시 구절을 써넣었다. 구절마다 서정이 흘렀다. 나는
언제나 저런 시를 쓸 수 있을까 부러워하다 보니, 그 선
배가 《학원》지 선배 동기임을 알게 되었다. 한참 후에
그 청년이 세상을 하직했다는 소식이 들려왔다. 세월이
흐르듯 모든 것은 지나가고 또 새로운 일과 사람과의
인연 사이에서 돌고돌며 살아가고, 그러면서 사인북은
한 권 한 권 늘어가고 있었다. 여전히 공초 선생은 떨어
질 듯 말 듯 한 담뱃재를 흔들면서 초승달처럼 웃고 계
셨고, 주위에는 공초 군단들이 둘러싸고 앉아서 해가

지는 줄도 모르고 이야기를 하다가 다방이 문을 닫을 때에야 함께 일어서곤 했다.

"나와 시와 담배는 / 이음동곡(異音同曲)의 삼위일체 // 나와 내 시혼은 / 곤곤히 샘솟는 연기 // 끝없는 곡선의 선율을 타고 / 영원히 푸른 하늘 품속으로 / 각각 물들어 스며든다."

공초 선생의 〈나와 시와 담배〉의 시구이다. 담배연기 속에서 자신과 시와 담배에 차별을 두지 않은 공초 선생은 시인이다.

나의 문학으로의 첫걸음은 공초 선생으로부터 열렸다. 《새벗》, 《소년세계》, 《학원》지와 함께 문학의 어린 꿈을 키워왔지만 성장기에 선생님을 만난 것은 큰 행운이었다. 단발머리를 나풀거리며 교복 차림으로 드나들기 시작했던 청동다방은 나뿐만 아니라 그 시대에 가난하지만 페미니즘을 강조하던 많은 문인들에게 따뜻한 안식처가 되어주었다.

선생님이 떠나시고 난 후에는 청동다방에는 다시 가지 못했다. 신문도 중도에 폐간하고 공초 군단들도 뿔뿔이 떠나갔다. 사인북은 어떻게 되었는지 나는 알려고도 하지 않았다. 선생님 장례를 치르던 날 이미 모든 것을 묻어버렸기 때문이다. 하루도 거르지 않고 드나들던 담배 가게는 피해 다니면서도 선생님이 안 계신 명동 거리는 여전히 걸어 다녔다. 시간이 어서어서 흘러가기를 바라면서.

파이프를 물고 빙긋이 웃으시던 얼굴, 하얀 재가 길게 매달린 궐련을 피워 물고 미소를 짓던 선생님을 기억해 본다. 그때 사인북에 글을 올렸던 사람들은 다 어디에 있을까. 이제 나는 수십 년이 지나 다시 글을 쓰고 싶어 책상 앞에 앉아 있지만, 공초 사인북에 써넣었던 소녀시절의 글줄보다도 못한 글이 되지나 않을까 새삼 두려울 뿐이다.

시루에 핀 사랑

　언제나 초가을이 되면 어머니는 시루떡을 찌셨다. 커다란 시루 밑에 큼직한 무를 골라 얄팍하게 잘라 깔고 쌀가루와 팥을 한 켜씩 얹어 무쇠솥에 올려놓고 찌셨다. 시룻번이 말갛게 익고 한소끔 김이 오르고 나면 솥 가장자리에 눈물이 흐르고 들큼한 팥고물 냄새와 무 익는 냄새가 온 집안에 퍼졌다. 이때쯤이면 제일 먼저 내가 분주해지기 마련이다. 이웃집에 나눌 떡 접시를 챙기고 닦아 준비하는 일이 바로 내 몫이기 때문이었다.

　어머니는 아궁이에서 활활 타고 있는 장작을 앞으로 꺼내느라 얼굴이 벌겋게 익은 채 말씀하시곤 했다. 불을 줄여 남은 불꽃으로 서서히 익혀 뜸들여야 한다고. 시루떡을 찌는 날은 마치 잔치를 벌이는 집처럼 온 집

안이 들썩거렸다. 부엌일을 하는 아주머니는 연방 앞치
마에 젖은 손을 닦아가며 종종걸음을 치고 식구라야 서
너 명밖에 없는데도 분주하고 떠들썩해졌다.

　김이 무럭무럭 올라오는 시루떡을 편편이 잘라 두세
켜씩 접시에 담아주시면 나는 신바람이 나서 이 집 저
집으로 나르기에 다리가 아픈 줄도 몰랐다. 이른 저녁
을 끝내고 속이 출출하던 차에 구수한 시루떡을 받아든
이웃들은 여간 반가워하는 게 아니었다. 어스름이 가신
하늘에서 보석 같이 반짝이는 별들을 바라보며 집으로
돌아가는 길목에서 나는 내 꿈꾸는 미래가 저 별 속에
숨어 있다고 믿었다. 반짝이는 별에게 소원을 말하고
정성스레 빌면 무엇이든지 원하는 게 이루어 질 것이라
는 나만의 확신을 가졌다.

　푸짐한 떡 잔치는 매년 계속되었고 나의 꿈도 점점
여물어 갔다. 누구나 마음만 먹으면 해 먹을 수 있는 시
루떡이 왜 내 미래의 꿈을 키우는 동기가 되었을까. 타
인을 위해서 할 수 있는 일이 무엇인지를 깨달아 작은
가슴에 기쁨을 가득 채우게 해주신 어머니 때문이었을
까. 떡을 돌리며 나누고 베푼다는 것을 체험하고, 잔잔
한 행복을 느끼게 되었다. 덕행을 가르치신 뜻을 뒤늦

게 알게 되었을 때는 이미 어머니는 내 옆에 계시지 않았다.

몇 년 전 남대문 시장엘 갔다가 어릴 적 내가 늘 보아왔던 것과 똑같은 시루를 만났다. 어찌나 반갑던지 앞뒤 생각할 겨를 없이 사서 돌아왔다. 그 시루는 어머니를 만난 듯 좋아서 가벼운 흥분이 일었다. 다음 날 양재동 화훼시장엘 가서 꽃을 사다가 듬뿍 심었다. 팬지의 아름답고 귀여운 자태가 질 시루와 잘 어우러져 더욱 운치가 있어 보였다.

시루 속에는 아무도 알지 못하는 푸근함이 서려 있다. 우직하면서도 과묵한 채로 시루는 어떤 것이든 모두 수용한다. 불평도 없고 거부하지도 않는다. 또한 어떤 것과도 잘 어우러지는 조화로움이 있다. 퇴색된 색깔에 아무렇게나 생겼어도 두리뭉실한 것이 부잣집 맏며느리의 성품처럼 온화하다. 어머니는 그런 시루를 어루만지시며 하나밖에 없는 당신의 딸이 시루를 닮아 이 세상을 잘 살아가기를 바라신 것인지도 모르겠다.

현관 밖 시루 속 팬지가 환하게 웃는다. 들어오고 나가는 식구들이나 손님들을 대하며 항상 웃고 있다. 어머니가 나를 반기듯 그렇게 웃는다. 딸이 이웃을 사랑

하고 배려하기를 바라는 어머니의 사랑이 시루에 하나
가득 피어 있다.

태어날 아가에게

아가야, 너를 불안하게 해서 엄마는 너무 마음이 아프구나. 매일 엄마를 괴롭게 하는 일들을 만나면 네 생각은 잊고 내 괴로움만 생각하게 되니 미안하구나. 대신 엄마가 모차르트를 들려줄게. 얼마나 감미롭고 아름다운지 몰라 아마 너도 이 음악을 들으면 좋아할 거야.

오늘도 엄마는 조금 힘이 들어. 할머니가 이불과 요홑청을 뜯어 주시면서 풀새해서 다듬질까지 해 꿰매라고 하시잖니. 절대로 오늘 하루에 할 수 없는 일이거든. 그런데도 엄마는 "네." 하고 대답했단다. 할머니는 멋쟁이시란다. 네가 태어나서 보면 알겠지만 미적 감각이 뛰어나셔서 옷을 잘 입으시고 세련되셨어. 우리 아가가 할머니를 닮으면 미인일 거야.

할머니는 평안도라는 강계에서 태어나셨대. 대갓집 딸로 온 집안의 귀염둥이였대. 어릴 적부터 네 증조할머니께 음식 만드는 법을 배워서 못하시는 게 없단다. 손끝이 야물어 무엇이든 음식을 만드셨다 하면 모양도 예술적이고 맛도 기가 막힐 정도란다.

그분은 무척 완고해서 엄마 같은 며느리를 좋아하지 않았어. 개방주의여서 여성평등주의니 하는 것을 부르짖는 엄마가 눈에 드셨겠니. 아냐, 그렇다고 반항하거나 나쁜 며느리는 아니었단다. 마음속으로 많이 참으면서 지내느라 네가 스트레스를 받았던 거야.

엄마는 무남독녀로 태어나 형제가 아무도 없어. 그렇기 때문에 네 외할머니가 엄하게 가르치고 교육을 시키셨지. 그래서 참는 건 일등이 되었단다.

아가야, 오늘이 제일 힘든 것 같다. 너도 힘들지? 경자 언니가 많이 도와주기는 해도 다듬이질까지는 힘에 부쳐서 못하겠구나. LP판을 걸었어. 음악이 들리지? 모차르트는 아름다운 곡을 많이 만든 천재인데 마지막이 불행했던 음악가란다. 감성적이며 충동적이고 너무 마음이 고운 사람이래. 그래서 그의 음악은 모두 아름답고 감미롭단다. 이 다음에 네가 크면 모차르트의 음악을 잘 치는 피아니스트가 되면 좋겠다.

너도 들었지? 할머니가 들어오시더니 예쁘게 개어 놓은 이불 요를 보시고 칭찬을 하셨어. "덜렁거리고 기자 노릇만 잘하는 줄 알았는데 제법이구나." 이 말씀은 칭찬이야. 상대를 칭찬하는 데 조금 인색하신 할머니의 이 말은 큰 칭찬이란다. 엄마가 너무 기분이 좋아졌어. 너도 기분 좋지? 부엌일과 집 안 청소로 엄마가 바쁘게 움직이면 너도 바빴지? 이따금 네가 발로 사인을 보낼 때는 너무 기쁘단다.

일이 다 끝나고 지금은 휴식 시간이야. 아직 네 삼촌이 들어오지 않아서 엄마는 잘 수가 없단다. 그렇지만 쉬면서 음악을 듣고 있으니 천국 같아. 지금 들리는 음악은 베토벤 바이올린협주곡이야. 이 곡은 베토벤이 지은 단 하나의 바이올린협주곡이란다. 아주 감미롭고 웅장한 곡이지. 엄마가 여고 시절 학교가 끝나면 달려갔던 '르네상스' 클래식 감상실에서 곡을 다 외울 때까지 신청해서 듣던 곡이야. 우습지 뭘 그렇게 외우기까지 하느라 애썼느냐고? 너는 이해하기가 어렵겠지만 협주곡이나 소나타나 외워야 제대로 감상을 할 수 있거든. 엄마는 그래. 다른 사람들은 안 그럴 수도 있어.

어느 날 '르네상스'에서 숙제를 하며 음악을 듣고 있는데, 학교 훈육주임 선생님이 나타나셨어. 엄마는 벌벌 떨며 선생님 손에 이끌려 그곳을 나왔지. 원래 여고생은 그런 곳에 갈 수가 없거든. 그다음은 네가 상상해 봐.

아가야, 넌 내가 들려주었던 것 중에 어떤 음악이 제일 좋으니. 모차르트? 아니면 베토벤이나 차이콥스키? 아니면 재즈는 어떠니? 엄마가 재즈도 무척 좋아해서 너에게 많이 들려주었지.

할머니가 화가 많이 나셨어. 너도 무섭지? 고모 도시락 반찬이 시원찮다고, 매일 굴비 알만 넣는다고 달걀을 수도 없이 깨시는구나. 실은 계란말이를 하시려는 거였어. 엄마는 죄인처럼 두 손을 모으고 떨고만 있었지. 너도 들었을 거야. 엄마 심장에서 쿵쿵대는 소리를. 네가 편안하게 음악을 들으며 잠들었으면 좋겠어. 엄마가 많이 참아 되도록 힘들었던 일은 네게 알리지 말았어야 하는데, 그게 잘 안 되네. 앞으로는 조심할게.

아가야, 우스운 얘기가 있어. 아침이면 참기름을 한 방울 넣어 계란 반숙을 한단다. 할머니와 할아버지와 삼촌이 아침 식사 전에 꼭 드시거든. 그런데 오늘은 계란 하나를 더했어. 왜냐고? 엄마가 몰래 먹고 싶어서.
너를 가지고 먹고싶은 게 왜 그렇게 많은지. 너랑 나눠
먹기 때문인가 봐. 냄비에 남겨 놓은 것을 순식간에 먹
어치웠지. 우습지? 네가 뱃속에서 후후 하고 웃는 것
같아서 창피했어. 명동에 있는 국립극장에서 좋은 음악
회가 열린다는구나.

그렇지만 엄마는 갈 수가 없어. 어른들 저녁 식사 때
문에. 연극도 보고 싶고 오페라도 보고 싶고, 엄마는 왜
이렇게 보고 싶은 게 많은지 모르겠어. 엄마가 철이 없
는 걸까. 시어른을 모시고 사는 며느리의 생각이 틀렸다
고 늘 지적을 받고 있거든. 가지 못해도 괜찮아, 너와 LP
로 들으면 되지. 언제나 들을 수 있으니 행복하지 않니.

아가야, 엄마는 너와 단둘이 음악을 듣는 시간이 제
일 행복하단다. 청소하면서도 볼륨을 높여 듣고 있으면
마치 음악 감상실에 와 있는 기분이 된단다. 너도 기분
이 좋은지 리듬에 맞춰 발을 움직이는 게 느껴진단다.

네가 이 세상에 나올 때쯤이면 좋은 오디오를 장만하
려고 해. 아빠가 약속했단다. 그러면 너랑 엄마랑 하루
종일 음악을 듣자.

오늘은 엄마가 쓴 시를 읽어줄까. 또 아름다운 동화

책도 읽어 줄게. 음악이랑 시와 동화를 함께 듣는 우리 아가는 얼마나 멋진 사람이 될까.

지금 들리는 곡은 비발디가 작곡한 〈사계〉란다. 네 편의 시를 가지고 4계절의 분위기와 색채를 즐겁고도 섬세하게 표현해 낸 걸작품이지. 〈봄〉, 〈여름〉, 〈가을〉, 〈겨울〉이라는 제목에 각 3악장으로 구성된 곡이다. 이 중 〈봄〉이 가장 사랑을 받고 있으며 〈가을〉이 자주 연주되고 있단다. 작곡가 비발디(Antonio Vivaldi)의 400곡 이 넘는 협주곡 중에서 가장 유명한 곡이지.

작품의 제목에서도 알 수 있듯이 비발디는 계절에 따라 변하는 아름다운 자연과 그 속에서 더불어 살아가는 인간을 음악으로 신비스럽게 묘사하고 있단다. 네 곡은 짧지만 내용은 아주 뛰어나며, 비발디의 아름다운 시정이 잘 나타나 있지. 지금은 엄마가 하는 말이 어려워서 잘 모르겠지만 이다음에 크면 다 알 수 있단다. 어때, 너무 아름답지? 이 곡을 연주할 때는 반드시 발로라는 악기가 함께 해야 하거든. 이 악기는 17세기 모차르트 시대에 피아노 대신 연주되었던 바로크 악기인데, 미주 쪽에서는 하프시코드라고도 불린단다. 피아노는 해머(솜방망이)가 때려 소리를 내지만 이 악기는 가느다란 철줄이 잭을 퉁겨 소리를 내주거든. 너무 신비하단다.

4계절 곡 중에서도 〈봄〉은 새가 지저귀고 녹색 나무들과 실개울 물이 흐르며 꽃들이 어여쁘게 피는 희망을 노래했고, 〈가을〉은 결실과 자연의 오묘한 변화, 오색 단풍을 잘 표현하여 많은 음악 애호가들의 사랑을 받고 있단다. 아가야, 곡이 너무 감미롭고 아름답지? 잠든 모양이로구나. 모차르트와 비발디의 곡은 마음을 평화롭게 해주지.

너는 이런 아기가 되었으면 하고 늘 기도했단다. 떼쓰지 않고, 밤에 울어도 엄마만을 찾지 않고, 할아버지 할머니께도 낯을 가리지 않는 붙임성이 좋은 아기, 기억력이 뛰어나고 ESP의 능력이 높은 그런 아이가 되었으면 하고. 그리고 엄마가 제일 원하는 것은 훌륭한 음악가가 되는 것이란다.

아가야 엄마는 욕심쟁이지? 아가야 사랑한다 하늘만큼 땅만큼.

*이 글은 큰아이를 가졌을 때 쓴 글입니다. 큰아이는 엄마의 소망대로 음악가가 되었고, 비발디와 모차르트와 바흐와 헨델의 음악을 연주하는 쳄발리스트가 되었답니다.

내 말 좀 들어주실래요?

"당신은 왜 여기 서 있는 거요?" 하고 묻는 이들이 있다면 나는 대답할 말이 없습니다. 830살이나 된 고령의 내가 서초동 장승이 되어 문지기로 서 있다고 할까요.

누군가는 서초동을 모르는 이에게 "아, 왜 국보 향나무가 서 있는 데 말이야, 거기서부터 서초동이야." 하고 말하곤 하지요. 그러나 나는 국보라는 이름으로 불리고 싶지 않습니다. 그저 싱싱한 보통 나무이고 싶을 뿐이지요.

이른 아침부터 밤늦은 시간까지 숨쉬기가 정말 두렵습니다. 내가 서 있는 양 갈래 길로 주차장처럼 빽빽이 차들이 줄을 서 있는데, 저마다 뱉어 내는 가스가 내 얼굴이며 몸을 뒤덮기 때문이지요. 이 자리에서 800년을 넘게 살아왔지만 이젠 몸을 지탱하기에도 힘이 듭니다.

이곳은 원래 서초동 꽃마을이 있던 곳이에요. 동서남북에 온통 꽃 냄새가 날아다니는, 늘 푸르러 공기가 맑고 아름다운 마을이었답니다. 서초동은 예로부터 서리풀이 무성해 '상초리(霜草里)' 또는 '서리풀'이라 불리었지요. 서리가 내리면 익는 상서로운 풀[瑞草]이란 바로 '벼'를 말하는 것으로서 이곳에서는 예로부터 쌀이 많이 났다고 합니다. 좋은 냇물[良才川]의 물을 길어다가 쌀[瑞草洞]로 떡[盤浦洞]을 빚어 사당[祠堂洞]에서 조상과 천지신명께 제사를 지냈기 때문에 풍수적으로 뛰어난 명당자리라고 하여 자부심이 대단한 동네이지요.

이 마을을 대표하는 인물로는 조선 명종 때의 문신인 상진(尙震) 선생이 있는데, 조선 시대의 4대 정승으로 추앙될 만큼 인품이 뛰어나 청백리(淸白吏)로도 유명한 분이었답니다.

세월이 흐르니 모든 것은 변화되어 꽃마을로 불리던 이곳은 자동차 천국, 매연 천국이 되어 버렸어요. 서울시가 나를 보호수로 지정해 놓고 관리를 한다 하지만, 하나도 반갑지가 않아요. 하루 종일 시커먼 연기를 마

시며 죽어 가고 있으니까요. 맑은 시내가 흐르고 새들
이 지저귀는 공기 좋은 곳이 그립기만 해요. 어느 때는
이제 그만 살았으면 하는 사위스러운 마음마저 들어요.
내 몸에 링거를 꽂아 놓고 나를 보호한다지만 다 부질
없는 일일 뿐입니다. 매연 속에서 마치 서초동 네거리
교통순경처럼 이렇게 서 있어야만 하니….

내 모습은 이제 푸른 기를 잃어버렸어요. 매연에 찌
들어 검푸른 색으로 변해 버렸지요. 폭우가 쏟아질 때
면 내 몸에 앉은 때를 벗겨 내고 싶어 안간힘을 써 보지
만 너무 찌들고 배어서 잘 씻기지 않는군요.

내가 뽐내며 살던 그 옛날 꽃동네 사람들은 순하고
어질었지요. 여름이면 내 그늘 밑에 돗자리를 펴고 앉
아 덕담을 나누고 매미며 여치가 뽑아 대는 시원한 곡
조에 맞춰 흥을 내던 한량들. 그때 그 시절 평화는 다
어디로 갔을꼬.

나는 나날이 쇠잔해 가는데 어쩔 수 없이 이대로 이곳
에 있어야 하는 게 서글픕니다. 이제 점점 흉측하게 변
해 갈 내 모습이 보이는 듯해요. 그래서 안타깝고 괴롭
답니다. 이따금 내 모습을 사진에 담는 젊은이들이 왔다
가면 좋은 일이 있을까 기다려집니다. 내 사진을 어디엔

가 실어 나를 살려 주려는 사람들이 있을까 해서지요.

지난봄에는 사람들이 오랜만에 샤워를 시켜 준다고 법석을 떨었지요. 겨우내 쌓였던 자동차 매연과 최근 찾아온 황사(黃沙) 때까지 말끔히 닦아 준다고요. 영양제 주사도 놓아 주었지만 내 몸에 문신처럼 새겨진 상처는 씻어지지 않았답니다.

노구라서 앞으로 얼마나 더 살지 모르겠지만 남은 시간만이라도 내가 살고 싶은 곳에 가서 살아 보았으면 좋겠습니다. 오랜 세월을 살아 더 이상 바랄 것이 없으나 고고하고 품위 있는 모습으로 남고 싶습니다. 매연에 찌든 늙은 나무로 사람들의 기억 속에 남는 것은 정말 슬프거든요.

보호수로 명명되기보다는 잡목이어도 청청한 산속에 서 있고 싶어요. 아무도 돌보지 않아도, 사람들이 함부로 등을 들이대고 부딪고 괴롭혀도 그런 곳에 가 있고 싶어요. 가을, 오색 단풍이 든 나무들 사이에 서서 홀로 푸름을 자랑하며 새들과 노닐며 자부심을 느끼는 그런 나무가 되고 싶어요. 내가 서 있는 지금 이곳은 지옥의 길목입니다.

슬퍼하는 내 마음속 말을 제발 흘려듣지 말아 주세요.

그녀의 손톱

내 옆에 앉은 여인의 손톱이 우연히 눈에 들어왔다. 펜을 쥐고 있는 그녀의 긴 손톱 밑이 새까맣다. 보지 않으려 해도 자꾸만 눈길이 그리로만 간다. 왜 손톱이 지저분한 걸까. 손톱은 왜 깎지 못한 걸까. 이런저런 생각이 꼬리를 문다. 함께 앉아 있는 한 시간 내내 강의가 좀처럼 귀에 들어오지 않았다.

앞마당에 심은 봉숭아가 꽃이 필 무렵이면 손톱에 빨갛게 봉숭아물 들일 생각에 잠을 설치곤 했다. 눈만 뜨면 꽃밭으로 나가 꽃몽우리가 얼마나 열렸나 들여다보고 잠자리에서 손가락을 펴 봉숭아물이 잘 들여진 손톱을 머릿속에 그려보는 게 어릴 때 내 작은 꿈이었다.

나는 해마다 봉숭아물을 들였고 빨갛게 물들인 손톱

은 무서리가 내리고 겨울이 깊어질 때까지도 없어지지 않았다. 그러나 손톱이 길어지면 깎아야 하고 그럴 때마다 봉숭아물은 초승달처럼 가늘어져 나를 안타깝게 했다.

어머니는 그런 내 마음을 아신 듯 봉숭아꽃을 따 그늘에 말려 정성스레 간수를 하셨다. 내 손톱에 다시 물을 들여 주시려는 생각이었다. 그러나 그 꽃잎은 금방 딴 꽃잎에 백반을 넣고 빻아 싸매주었던 꽃잎처럼 곱게 물이 들지는 않았다.

10년 전 뉴욕에 가 있을 때, 그곳에는 네일숍이 한창 붐을 이루고 있었다. 한 블록마다 네일숍이 있었는데 단순히 손톱을 다듬는 것으로 그치지 않고 네일아트로 성업중이었다. 어쩌다 손톱에 매니큐어를 발라 보면 역시 진한 색깔을 발랐을 때 손은 더 깨끗해 보인다. 우리나라에도 봉숭아물이 아닌 매니큐어가 유행되면서 손톱 패션 개념으로 자리매김을 하게 되었다. 이제는 담 밑 작은 꽃밭에 필 봉숭아꽃을 기다리는 일은 사라져버려 어린 시절의 추억 하나를 잃어버린 듯 아쉽다.

집안에 큰일이 있을 때나 손님을 많이 초대할 때면 나는 곧잘 진한 색깔의 매니큐어를 바른다. 물을 많이 만지고 음식물을 다루다 보면 손톱 밑이 지저분해지거나 손이 거칠어 보이기 때문이다. "엄마는 왜 일할 때만 매니큐어를 발라요?" 아이들이 어렸을 때 한 번씩 했던 질문이다. 그러고 보니 손톱에 얽힌 잊지 못할 일이 생각난다.

우리 아파트 단지 안에는 몇십 년은 됨직한 우람한 오동나무가 있다. 이 나무의 열매가 천식에 좋다는 말을 들은 적이 있어 천식을 앓는 동생 생각을 하고 있었다. 마침 오동나무의 가지치기를 한다기에 그릇을 챙겨들고 단숨에 달려갔다. 잘라낸 가지에 달려있는 열매를 정신없이 따다 보니 손톱 밑이 새까매졌다. 게다가 갓 베어낸 가지와 열매에서 끈적끈적하게 묻어나는 진 냄새가 여간 독한 게 아니었다. 목장갑을 끼고 작업을 했어야 했는데 급한 마음에 미처 생각을 못했던 것이다.

큰 소쿠리에 가득 담아온 열매의 껍질을 까기 시작했다. 말려서 달여 마시고 동생의 천식이 조금이나마 낫게 된다면 얼마나 좋을까. 하지만 내 손톱이 큰일이었다. 아무리 비누로 닦아내고 씻어도 손톱 밑에 배어든 까만 진은 지워지지 않았다. 일부러 손빨래를 해보기도 하고 더운 물에 담가 불려 보기도 했지만 진은 조금도 닦이지 않았다.

한동안 어디를 가든 누구를 만나든 나는 손을 내놓을 수가 없었다. 추울 때라면 장갑을 끼면 되겠지만, 검게 물든 손톱이 왜 그렇게 부끄럽던지. 그 얼룩은 거의 한 달이 지나면서 서서히 희미해져 갔다. 손톱 밑이 지저분해 신경을 쓰던 때를 떠올리자 문득 여인이 보이기 시작했다.

여인의 손톱은 무척 고단해 보였다. 지치고 영양 결핍인 듯했다. 손톱 밑의 때를 닦을 새 없이 많은 일이 산적해 있을 여인의 환경을 상상해 보았다. 손톱은 주인이 가꾸지 않아 아무렇게나 자란 모양새다. 매니큐어를 하려고 일부러 기른 게 아니라 바쁜 생활로 미처 손질은 하지 못한 손톱 같았다.

종잇장 뒤집듯 생각을 바꾸니 그녀의 삶이 눈앞에 펼쳐졌다. 잠시나마 여인의 손톱을 바라보며 가졌던 생각들이 부끄러웠다. 분명 그 여인은 종종걸음으로 하루를 사는 부지런한 주부이며, 뙤약볕 아래에서 채소를 가꾸느라 흙에 파묻혀 지낼지도 모른다. 저녁이면 구수한 된장국에 손수 가꾼 채소로 식단을 꾸미고 가족의 건강을 살피는 알뜰한 가정주부임에 틀림이 없을 것이다.

'여인의 손은 위대하다'라는 글귀가 흙탕물이 될 뻔한 내 마음 샘에 세차게 소나기를 퍼부었다.

함께 앉아 있던 시간, 내 잣대로 그 여인을 재보려는 오만의 수렁에서 헤어난 게 기쁘다. 그녀는 지금 내 옆 자리에서 검은 손톱에 힘을 주며 무엇인가 열심히 쓰고 있다.

평형수

TV 뉴스에서 비극의 영상을 본다. 세월호 사고의 안타까운 기억이 채 가시기도 전에 또다시 낚싯배 돌고래호가 손바닥 뒤집듯 순식간에 전복된 보도는 세월호 참사를 다시 떠오르게 하는 아픔이다.

어느 책에선가 '평형수'에 관한 글을 읽은 적이 있다. 평형수가 필요한 곳은 선박뿐만은 아니라고 한다. 인간 세계에도 없어서는 안 될 매우 중요한 규례로서의 장치가 반드시 필요하다는 것이다.

평형수란 배의 밑바닥에 형평에 맞도록 물을 채워 넣었다 뺐다 하는 것으로, 승선객의 수와 화물 무게와 배 밑바닥에 채워 넣은 물의 무게가 잘 맞게 되어야 선체 복원력이 생기게 된다. 적재화물이 많을 때는 물을 빼

주고 적재량이 적을 때는 바닷물을 채워 선체가 기울거
나 전복이 되지 않도록 비중을 맞춰 준다면 위험도를
낮춰 사전사고를 막아주는 역할을 하는 것이라고 한다.

지난해 50여 년간 우정을 나누던 자매 같던 친구를
잃었다. 그들 부부는 40년 전 미국으로 이민을 간 친구
인데, 한국에 여행을 나올 때마다 매해 내 집에서 여장
을 풀고 한 달씩 지내다가 돌아가곤 했다.

작년 4월에도 여느 때와 같이 우리 집에서 두 달간
을 머무르게 되었다. 어찌 두 달간이나 머무르는가 싶
어 물었더니 "우리가 언제 또 올지 모르잖아." "그렇지
이젠 나이도 있는데, 자주 한국에 오기가 힘들 거야."
나는 그렇게 응수하며 최선을 다해 편히 지내도록 배려
를 하기로 했다. 친구에게는 서울에 살고 있는 남동생
이 셋이나 있고 남편 쪽 형님 댁도 강남에 있지만 고국
을 찾을 때마다 친척 댁에 단 하루도 가 있지를 않는 것
이 조금은 의아스럽기도 했다.

차츰 지내다 보니 긴 세월 타국 생활에 젖은 친구네
와는 생활습관은 물론 문화조차 이질감이 있음을 알게
되었다. 웃자고 하는 가벼운 농담 한마디에도 곡해를
하고 자주 서운한 내색을 했다. 조심스레 빙판 위를 걷

듯 차츰 그들에게 신경을 쓰게 되었지만 떠날 때까지 편하고 부담스럽지 않게 해주려고 노력을 했다. 늘 그리워하며 보고 싶던 친구인데 반갑고 즐겁던 시간보다는 점점 무겁고 부담스러운 나날이 되어갔다.

한국을 떠나던 날 눈시울을 적시며 친구를 배웅하면서도 혹시 이 시점이 친구와 마지막이 되지 않을까 하는 두려움이 일었다. 미국으로 돌아간 친구가 메일을 보내왔다.

"우리 이제 한국에 갈 일이 없을 것 같다. 너는 모든 게 풍요하고 자식들도 잘 키워 성공했지만 나는 그렇지 못해서 미안하다. 두 달 동안 고마웠다."

청천벽력이란 이럴 때 쓰는 말이 아니던가. 친구의 메일을 읽고 또 읽으면서 과연 내가 그녀에게 무엇을 어떻게 서운하게 했을까를 짚어보았지만 도무지 알 수가 없었다. 며칠을 고민하며 생각하다가 문득 친구와 나 사이에도 평형수가 깨져버린 것은 아닌가 싶었다. 오랜 타국에서의 생활이 친구의 푸근한 가슴을 메마르게 만든 것은 아닌가 싶어 마음이 아팠다.

오랜 날 동안 그녀의 메일을 읽고 또 읽으며 밤낮을 괴롭고 고통스럽게 보내다가 서서히 나 스스로를 다스

리기로 했다. 그제야 새삼 깨달음이 왔다. 선박에서 반
드시 평형수가 필요한 장치로 있어야 하는 것처럼 가족
이나 이웃, 서로 소통이 잘 안되는 타인끼리도 기본 도
리와 양보와 배려라는 평행수로 수평을 맞춰야 한다는
사실을.

　친구의 얼굴이 어른거린다. 고국을 찾아와 하루하루
를 아끼며 장돌뱅이처럼 쏘다니던 친구와 나, 한 곳이
라도 더 가보고 싶어 어린아이처럼 졸라대던 친구가 보
고 싶다. 문득문득 나 자신도 모르는 사이 친구에게 상
처를 심어준 것은 아닌지 자꾸 돌이켜 본다.

　비록 50년 지기지우는 잃었지만, 평형수의 귀한 원
리를 내 삶의 지침으로 여기며 살아가고자 한다.

걸레질을 하며

말려 놓은 걸레에 물을 축여서 꼭 비틀어 짠다. 오늘
은 모처럼 마루 걸레질을 하겠다고 마음을 먹었으니 운
동하는 셈치고 땀 좀 흘릴 생각이다. 걸레질은 견비통
에도 좋다니 일석이조일 것이다.

반듯하게 네 번을 접은 걸레를 들고 마룻장을 닦아
나간다. 한 면이 새까맣게 때가 묻어나면 다시 반대 면
으로 닦고, 뒤집어서 또 닦고 걸레는 이름 그대로 걸레
의 모습으로 변해간다. 이렇게 집안에 먼지가 많이 쌓
이고 때가 묻어 있을 줄은 미처 생각지 못했다. 나는 다
시 두 번째 걸레를 들고 의자와 탁자와 장식장을 닦는
다. 어느 곳을 닦아도 새까만 때가 묻어 나온다.

거실 문이나 유리창만 열어 놓으면 먼지는 늘 날아든

다. 낮은 곳에서 살 때는 으레 길바닥 먼지가 날아든다고 여겼는데, 10층 꼭대기에도 먼지는 예외 없이 찾아든다. 공기 중에만이 아니고 방 안에서도 움직일 때마다 먼지는 어디고 풀풀 날아 앉는다. 그렇다고 문을 꼭꼭 닫고 살 수도 없는 일이고 먼지 나지 말라고 새색시 걸음으로만 다닐 수도 없지 않은가. 걸레 두 장으로 거실은 대충 깨끗해진 셈인데, 아직도 방들은 뽀얀 먼지를 뒤쓰고 있다. 내친김에 걸레를 빨아 방을 훔치기 시작한다. 걸레질은 무릎을 꿇은 정자세가 아니면 때가 잘 닦이지 않는다. 걸레질을 하는 자세를 유심히 살펴보면 기도하는 모습과도 같고, 무엇엔가 정성을 쏟는 듯한 진지한 모습과도 같다. 이런 자세가 아니면 손에 힘을 줄 수가 없기 때문이기도 하지만, 미학적인 면에서 보아도 걸레질하는 모습은 아름답다.

　오래전 시부모님과 함께 살 때부터 나는 걸레와 이미 친숙해 있었다. 걸레를 여러 개 빨아서 바구니에 담아 들고 집 안 구석구석을 닦기 시작하면, 소독제인 크레졸을 한 방울 떨어뜨려 빤 걸레 냄새 때문에 두통이 일고 소독물에 거칠어진 손가락은 나무토막처럼 뻣뻣했다. 큰동서와 작은동서가 모이는 집안 행사가 있는 날이면 걸레질과 설거지는 내 차지라서, 보드랍고 하얀 동서들의 손을 보면서 두 손을 슬그머니 허리 뒤로 감추곤 했다. 그때는 걸레를 만지는 것이 왜 그렇게도 부끄럽고 자존심이 상했던지.

시간이 흐름에 따라 차츰 나는 걸레에 대한 생각이 바뀌어 갔다. 걸레의 역할은 단지 닦아내는 의미만은 아니다. 산만한 분위기를 정돈해주고 청결감을 가져다 주기도 한다. 걸레를 만지는 손은 거칠기는 하나 따뜻하고 온순해 보인다. 겸허한 마음이 아니고서는 걸레를 만질 수 없다. 한 해 두 해 나이를 먹어가면서 겹겹으로 쌓이는 때, 이끼처럼 벗겨도 없어지지 않는 삶의 찌꺼기가 두께를 더해 가는 만큼 아집과 욕심으로 시달린다. 그럴 때 무릎을 꿇고 걸레질을 하다 보면 내 자신이 별로 대단한 사람이 아님을 깨닫게 된다. 멀리 떨어져 있는 아이들이나 또 다른 많은 이들을 생각할 수 있는 여유도 갖게 된다. 상처를 준 친구를 떠올리며 한없이 미안한 마음을 갖기도 한다. 숨이 가쁘고 팔이 뻐근해 오지만 내 정신세계는 한없이 승화되는 순간을 맛보는 것이다.

닦아낸 후의 청량감, 이 기분은 걸레질을 해보지 않

은 사람은 맛볼 수 없을 것이다. 땀 흘린 기쁨을 이 작
은 형겊에서 얻을 수 있다니……. 마음에 끼어 있는 찌
든 먼지를 닦듯 손목에 힘을 주고 더욱 **빡빡** 문지른다.
뽀드득 소리가 날 것처럼 반들반들해진 마루 쪽을 들여
다보면서 나는 작은 행복을 맛본다.

　몇 번이고 걸레를 흔들어 헹구고 나니 기분이 상쾌하
다.

겨울을 기다리는 남자

앞산에 울긋불긋 단풍이 한창이다. 이제 곧 고운 옷을 벗어버릴 시간이 얼마 남지 않음을 아는 듯 마지막 불꽃을 태우고 있다. 끝자락 가을의 미련을 가득 품어 안은 나무들은 마지막을 처연하게 버텨내는 모습이다.

아버지 방문을 열었다. 티브이 위에는 여전히 투박한 밍크모자가 놓여있다.

"아버지 모자 넣어 두세요. 아직 멀었어요."

"응 그냥 둬. 금방 겨울이 될 텐데."

나와 아버지의 이 대화는 수십 일이 되도록 그치지 않는다. 늦여름부터 꺼내 올려놓은 모자는 겨울을 기다리며 얹혀 있는데 나는 그 모자를 치우고 싶어 안달하지만 아버지의 끈기는 말릴 수가 없다.

오래전 남편이 모스크바를 다녀오면서 장인에게 선물한 밍크모자는 90년대 초 당시에는 희귀한 물건이었다. 아버지는 선물을 받아 든 순간 그동안 쓰고 다니시던 수달피 모자를 내리고 밍크모자 애호가가 되셨다.

모자를 선물 받으신 아버지는 사위 자랑이 가슴에 넘치도록 가득했다. 공원 어르신들을 만나도 거의 밍크모자가 화젯거리였다. 이마에 송골송골 땀이 배어도 모자를 벗지 않으셨다.

가을이 퇴색해질 무렵이면 아버지 머리 위에는 으레 밍크모자가 올라가 있었다. 모자를 쓸 만한 날씨가 아닌데 머리가 시리다고 하시는 아버지. 초겨울이라지만 바람이 그리 차지 않아 털모자를 쓸 일은 아닌데도 아버지는 매일 밍크모자를 쓰고 공원으로 출타하셨다. 외출에서 돌아오신 후에는 모자에 빗질을 하시고 티브이 위에 반듯하게 올려 놓으셨다. 어린아이와 같은 발상에 식구들은 웃어넘기지만 아버지는 매우 진지하셨다.

문득 내가 어릴 적 설 전날이면 색동저고리 빨간 치마 한 벌을 예쁘게 개켜놓고 밤잠을 설쳤던 생각이 난다. 어서 날이 밝아서 설빔을 입고 싶은 생각에 잠을 잘 수가 없었다. 밖은 겨울바람이 윙윙 소리를 지르며 창문을 두드리고 칠흑 같은 밤은 좀처럼 밝아질 태세가 아니었다. 일어났다가 앉았다가 서성거리기도 하면서 몇 번이고 때때옷을 만져보고 펴보기도 했다. 어머니가 잠을 설치시는 것 같아 이불을 뒤집어쓰고 자는 척도 했다. 밤을 지새우고 새벽부터 설빔을 입던 그 시절 어린 가슴에 피어오르던 기쁨을 이 나이가 되어서도 생각만 하면 가슴이 설렌다. 그래서인지 아버지가 모자를 꺼내놓고 조바심하는 마음은 충분히 이해한다.

아버지에게 나는 단 하나 핏줄이다. 당신의 가슴 깊은 곳에 딸을 담아놓고 사셨다. 그런 아버지의 마음을 알면서도 짐짓 모른 체하는 내 속마음은 늘 편치 않았다. 내 딴에는 오래도록 모실 생각으로 일부러 아버지께 데면데면했다. 나이가 드신 분들은 거의 어린아이처럼 변모하기 때문에 지나친 공경만이 효가 아니라는걸 생각해서였다. 내 아이들과 다르지 않게 평범하게 대하며 아버지가 나의 지나친 관심에서 부담을 덜기를 바랐다.

"오늘 아침 춥지?" 방문을 열고 나오며 날씨부터 물으시는 아버지, 추워졌기를 기다리는 그분 앞에 망설이다가 춥지 않다고 대답하고 눈시울을 붉힌다. 마치 설

날이 오기를 기다리고 꼬까옷을 꺼냈다 넣었다 하던 어
릴 적 나처럼 겨울을 기다리는 아버지. 밍크모자로 아
버지의 겨울은 결코 춥거나 쓸쓸하지 않았다.

앞산에 하얗게 눈꽃이 피었다. 이제 아버지가 아끼며
소중하게 여기시던 밍크모자가 주인을 잃고 장 속에 놓
여 있다. 유난히 두상이 크신 아버지가 귀마개까지 달
린 두툼한 밍크모자를 쓰고 빠른 발걸음으로 차에 올
라타시던 모습이 생생하다. 28년간을 함께 지내오시는
동안 내게 어떤 폐라도 끼칠까 봐 늘 조심하시던 아버
지의 깔끔한 성격이 때로는 부담스러울 때도 있었지만
지금은 절절한 사랑으로 내게 남아 있다.

모자를 꺼내 빗질을 해 본다. 딸에 대한 아버지의 사
랑이 부드럽고 따뜻한 촉감으로 남아 있다.

봄을 기다렸던 여인

편지 한 통을 받았다. 발신인을 살피다가 순간 너무 놀랐다. '00교도소 아무개'라고 적혀있는 게 아닌가. 놀랄 뿐만 아니라 단 몇 초 사이에 내 뇌리에는 여러 사람들의 얼굴이 휙휙 스쳐 지나갔다. 어떤 사람이 무슨 일로 그곳에 가 있는 것일까. 누구일까, 분명 나를 아는 사람인 것 같은데, 조금은 두려운 생각을 하며 급히 봉투를 뜯었다. '존경하는 000 선생님께'라는 제목으로 시작된 편지였다.

"이 봄에 평안하십니까? 여긴 봄꽃이 피는 남도입니다. 선생님 계신 그곳보다 봄이 먼저 이르고 먼저 길 떠나는 곳입니다. 이곳엔 봄이 오지 않을까 두려워하는 이들, 봄이 와도 겨울밖에는 누릴 수 없는 이들이 있습니다. 그 가운데 제가 서 있습니다."(중략)

가슴속에 뭔가 뭉친 듯 뻐근해 왔다.

2006년 출간된 나의 수필집《뒷모습의 대화들》이 한국문예진흥원에서 '우수문학도서'로 선정됐다. 재출판한 2천 부 중 일부는 책을 자주 접할 수 없는 오지와 교도소에도 보내는 걸로 들었다.

"마치 봄을 맞으라고 보내주신 것처럼 선생님의 수필집을 받아들고 한동안 솟구치는 눈물을 삼켰습니다."

마음이 숙연해지는 순간이었다. 나로서는 도저히 상상도 할 수 없는 환경에 처한 젊은 여인의 편지는 구절마다 가슴이 메어지도록 절절했다. 대나무가 그려진 예쁜 편지지엔 정성스럽게 또박또박 눌러 쓴 정교한 글씨가 그 여인의 성품을 말해주는 듯했다. 무척 섬세하고 자존감도 강하고 지적인 품성의 여인 같았다. 그런 사람이 어쩌다 그곳엘 가게 되었을까. 문득 한번 만나보고 싶은 충동을 느끼기도 했다.

"선생님의 글을 읽고 나서 계속 읽고 싶은 마음에 어렵게 선생님의 주소를 구해 편지를 드리면서도 이 주소지에 계실지 궁금하고 초조했답니다."

두 번째의 편지를 받은 나는 가슴에 작은 동요가 일었다. 따뜻한 봄이 와도 봄을 맞이할 자격이 없다는 그

녀, 마침 사순절에 두 번째의 책을 읽으며 육체는 금식
으로 비워졌으나 영혼은 귀한 양식을 먹고 배부른 시간
이 되었다는 여인의 편지는 내게 소중한 귀감으로 다가
왔다.

오래전 교도소로 보내는 〈편지쓰기 회〉에서 만났던
몇 사람들과의 소통은 내게 커다란 보람과 기쁨을 안겨
주었다. 그네들을 만나 대화를 하면서 그동안의 고뇌와
정신적 고통을 승화시킨 모습을 보게 되면 너무나 반갑
고 기뻤다.

그들은 우리와 다르지 않았다. 생각의 차이로 순간의
실수와 어쩔 수 없는 타인에 의한 음해의 수렁에 빠졌
던 사람들이기에 되돌리는 시간은 그리 오래지 않은 것
같았다.

법원이 가까운 곳에 살면서 나는 수인들의 호송차를
자주 만난다. 밖에서 안에 탄 사람들을 볼 수가 없으나
그들은 밖을 내다 볼 수 있을 것이다. 여러 형태의 실수
로 죗값을 받는 그들의 내면은 어떤 생각으로 차 있을
까 늘 궁금했다. 밖을 향한 마음이 얼마나 절실할지, 외
부 사람들은 어떻게 바라볼 것인지는 아무도 가늠이 되
지 않는다.

그녀는 기다리는 봄을 언젠가는 자신의 품에 품을 것이다. 봄은 왔건만 여전히 가슴이 시리고 추운 겨울이라고 말하는 여인은 철없던 시절 죄에 빠져든 것을 뼈가 녹아드는 것처럼 속죄한다고 했다. 그런 마음이 들게 한 것은 분명 선의 온기가 있기 때문이라고 했다. 이 세상에 가장 낮은 이곳에서 자신을 추스르며 수형생활 9년 중 6년이 지났다고 했다. 2009년 4월 12일의 편지에 새봄을 맞아 기쁘게 부활절을 보내고 있다고 전했다. 어쩌면 지금쯤 그녀는 퇴소했을지도 모르겠다. 간절히 봄을 기다렸던 여인에게 찬란한 봄을 한아름 보낸다.

개구멍 친구들

아침에 느닷없는 비보를 받았다.

"경이야, 나 선호야. 지난 목요일 춘익이가 사망했대."

순간 쇳덩이로 얻어맞은 듯 가슴이 먹먹해지고 어지럼증이 일었다. 며칠 전 그 친구를 만났을 때만 해도 아주 건강해 보였는데.

나흘 전 춘익의 전화를 받았다. "경아, DVD 몇 장 카피했는데 점심 먹자. 네가 좋아할 음악 영화야. 선릉역 레스토랑에서 보자."

식사를 하는데 친구는 먹는 게 영 신통치 않아 보였다. 고향에 내려갔다가 바닷가에서 조개구이를 먹은 게 탈이 난 모양인지 고기와 야채를 모두 내게 건넸다.

피란 시절 나는 천안에서 중학교를 졸업하고 춘익과

또 한 친구 선호와 함께 모두 서울 학교로 진학을 했다.
주말이면 통근열차를 타고 천안 집엘 내려갈 때면 우리
는 늘 함께 다녔다. 춘익은 통이 크고 유머가 있으며 재
미있는 친구인 데 비해 선호는 단정한 선비 스타일이라
농담을 듣고도 미소만 띨 뿐 말이 없는 학생이었다.

어느 토요일 우리 셋은 통근열차를 타기 위해 서울
역에서 만났다. 잠깐 보이지 않던 춘익이가 따라오라고
해서 가보니 지금의 서부역 쪽 으슥한 곳 담밑에 뚫려
있는 개구멍으로 기어들어 가자고 하지 않는가. 기차표
를 끊지 않고도 차를 탈 수 있다고 어깨를 으쓱거리며
신바람이 나 있었다. 나 역시 장난기가 발동해 그와 의
기투합하여 우리 셋은 기차에 올랐다. 여객 차장이 차
표를 검사할 시간이 되자 은근히 겁이 나기 시작했다.
앞 칸에서 곧 우리 쪽으로 올 것 같아 우리는 급히 화장
실로 들어가 문을 잠갔다. 셋이 있기엔 너무 좁아 서로
부둥키지 않으면서 있을 수가 없었다. 그것도 재미난다
고 킥킥거리며 여객차장이 지나가기를 기다렸다가 살
그머니 자리로 돌아왔다.

그후로 우리는 늘 개구멍으로 기어들어가 기차를 타
고 다녔다. 천안역에 내리면 개찰아저씨에게 꾸벅 인사

로 대신하고 빠져나오곤 했다. 그때마다 얌전한 선호는
못마땅해하며 옳지 않은 일이라고 골을 냈지만 나와 춘
익은 아랑곳하지 않았다. 우리 셋은 점점 짓궂은 짓에
흥미를 느끼면서 즐거워했다.

주말 저녁 통근차가 천안에 도착하는 시간은 오후 6
시경이었다. 바로 집으로 가는 법 없이 언제나 역전 다
방으로 발길을 옮겼다. 다방 주인은 반색하며 "어떤 거
틀어줄까?" 레코드판 몇 개를 들어 보이며 물었다. "미
완성요." 거의 두 시간 동안 심포니를 들으며 제가끔
상념에 잠겨 서로 말이 필요 없었다. 한창 사춘기를 맞
아 고뇌에 빠지기도 하고 나름대로 다른 길을 찾아 헤
매기도 하고 반항도 했을 텐데, 다행히 음악에 심취하
면서 그 어려운 시기를 무난히 넘겼다.

그렇게 셋은 남녀라는 생각 없이 진정한 우정을 쌓아
갔다. 그러나 각자 대학을 졸업하고부터 모두 소식이
끊겼다. 물론 선호와 춘익은 서로 교류가 있었겠지만
나는 그 친구들과 오랫동안 만나지 못했다. 오랜 세월
이 흐르고 나서야 선호는 카이스트 박사로, 춘익은 전
자사업을 하는 기업인이 돼 있다는 소식을 들었다.

내 아이들 연주가 1996년 예술의전당에서 열리게 되

어 초청이 시작되고 눈코 뜰 새 없이 바빠지게 되면서 나는 그 두 친구를 까맣게 잊고 살았다. 그러던 어느 해 둘째가 모차르트 피아노소나타 전곡을 시리즈로 연주할 때였다. 음악당 로비에 유난히 낯익은 신사가 보였다. 춘익이었다. 몇십 년만의 해후였다.

여전히 클래식을 좋아하는 그는 스위스에 있는 피아니스트 내한 공연에 왔다고, 그 피아니스트의 모차르트 전곡 CD 출시 기념 연주를 관람하러 온 것이라고 했다. 아, 이런 우연이 있다니! 연주자가 바로 내 딸임을 전혀 몰랐던 그는 눈물을 글썽이며 얼마나 반가워하던지, 나도 그만 가슴이 뭉클해졌다.

이후로 아이들 연주가 있을 때마다 친구는 빠짐없이 와 주었고 구매한 CD를 변환파일로 만들어 늘 보내주었다. 그와 점심 약속을 한 날, 나는 여러 개의 DVD를 받았다. 고전 흑백 영화 〈가스등〉, 〈바람과 함께 사라지다〉, 〈티파니에서 아침을〉, 〈로마의 휴일〉 등 유명 연주자들의 클래식 연주 영상도 몇 장 받았다. 그리고 함께 샤브샤브 음식점에서 점심을 맛나게 먹었다. 그것이 그와의 마지막이 될 줄이야……

메일을 열어 본다. 얼마 전 받은 편지함에는 친구가

보낸 여러 개의 MP3 파일과 DVD 파일이 들어 있다. 방금 보낸 것처럼 평소와 같은 문구가 가슴을 아리게 한다.

"경아야, 어제는 정말 감동적인 연주였어. 120분 동안 슈베르트 마지막 소나타 전곡을 연주한 네 딸이 자랑스럽구나. 음반을 샀으니까 곧 변환해서 파일을 보내줄테니 유트브에 올리기 바라. 잘 지내."

둘째의 리사이틀에서 기립박수로 환호해주던 나의 친구, 개구멍 친구들, 이제 둘만이 남았다. 이제 개구멍으로 빠져나가듯 저세상으로 가버렸구나.

까치 부부의 위로

뉴욕에서 온 남편 친구 내외와 연천에 있는 '조선왕가'를 찾았다. 옛 조상들이 건축해놓은 듯한 한옥들이 소나무와 어우러져 우아한 자태로 이곳저곳에 서 있다.

이곳 연천으로 이건(移建)하기 전 서울 종로구 명륜동 3가 5번지에 있던 염근당(念芹堂)'은 고종 황제의 영손으로 조선 역대 왕들의 종묘제례를 관장했던 황족 이근(李芹)의 고택이기도 하다. 1800년대에 창건되고 1935년에 아흔아홉 칸으로 중수(重修)된 황실가의 전통한옥이다.

남 박사 내외는 성북동에 살면서 그 고택을 지나치던 어느 날 주변 고택들을 헐기 시작하는 것을 바라보며 무척 아쉽고 아깝다는 생각으로 염근당을 찾아가 세세히 둘러보고 종내는 그 고택을 구입하기로 했다. 어디가 흠집이 날세라 조심해서 해체하는 동안 2백여 트럭으로 옮겨 복원을 시작했다.

오랜 날 동안 복원이 진행되면서 두 내외는 힘들고 고통스러운 순간순간을 이겨내며 오로지 사명감을 가슴 깊이 새기곤 했다. 우리 옛 역사의 한 획을 긋는 마음이었다.

9년 전 그곳은 열악하여 일하는 사람들의 점심 간식을 준비하기에는 너무나 힘들고 어려운 상황으로 현장에서 가까운 마트나 상점이 거의 없는 환경이었다. 연천역까지 가서 열차를 타고 도심 가까운 곳에서 식재료를 구입하여 다시 열차를 타고 돌아오는 거듭된 그 힘든 날들이 지금은 옛 추억이 된 셈이다.

남 박사의 치밀한 계획과 아내의 헌신으로 조선왕가는 그 위용을 되찾아 재건되었다. 후원의 자은정은 명륜동에 있을 당시 고 박정희 대통령이 이따금 머무르셨던 정자라고 한다.

一花石必使愼付芬澤永存(일화석필사신부분택영존)
"꽃 한 송이 돌 하나라도 반드시 신중하게 지키시어 아름답고 향기로운 은택이 영원히 보존되게 하소서."

이 글은 당시 홍문관 대제학 정만조 선생께서 쓰신 조선왕가 염근당 상량문 마지막 구절이다.

자연을 사랑하는 아름다운 정신과 자연에 순응한 전통문화를 후손에게 물려주려 함이다.

2008년 6월부터 5개월에 걸쳐 해체된 200여 년 세월의 아름다움을 담고 있는 대들보, 기둥, 서까래, 기와, 기단석 및 주춧돌 등 트럭 300여 대 분량의 건축고재를 지금의 위치인 자은 산자락으로 옮겨 27개월에 걸쳐 원형 그대로 복원되었다.

부부의 인내는 허물어져 잃을 뻔했던 조선왕가의 맥을 이어놓는 데 혼신을 다한 것이다. 고택을 해체할 때 각 기둥에 붙어 있던 여러 개의 주련은 성균관대학 박물관에 기증하는 애국의 심중을 보여주기도 했다. 지방 문화재청에 '조선왕가'의 이름으로 등록한 후 눈시울을 적셨다는 이 부부의 힘들었던 시간을 돌이켜 본다.

내가 방문했을 때 조선왕가의 정취는 이루 형언할 수 없을 만큼 아름답고 그 위용이 과연 왕가의 기운이 흐르는 듯했다. 염근당 정자에 올라 앞마당 감나무를 바라본다. 안주인 조카 역시 조선왕가의 아름다움처럼 어여쁘고 단아한 모습이다.

"제가요, 복원하는 나날이 너무 힘들고 어려울 때면 이따금 안마당에 나와 저 나무를 바라보곤 했답니다. 그런데 저 나무에 까치 두 마리가 날아오곤 하더군요, 그리고는 둥지를 틀기 시작했어요. 나뭇가지 하나하나를 물어와 집을 짓는 모습을 보면서 문득 제가 하는 일은 아무것도 아니라는 생각을 하게 되고 까치 부부를 보면서 작으나마 위로를 받게 되었어요." 조카딸은 그동안의 긴 날을 되새기는 듯 눈시울을 붉힌다.

한참을 둘러보니 문살마다 고리마다 그 견고함과 우아함이 옛 왕가의 기품이 엿보이는 완벽함이었다. 왕가 주위에는 배산(背山) 자은산, 임수(臨水) 한탄강, 앞뜰로는 연천 평야가 펼쳐져 있어 여름에는 백로가 노닐고 가을엔 황금 들녘이요, 사철 철새들이 몰려와 장관을 이룬다고 한다.

내외가 큰 사명을 가지고 이 고택을 복원하기에 얼마나 외로운 분투를 했을까 싶으니 안쓰러운 마음이 앞선다.

작은 둥지를 만드느라 애쓰는 미물인 까치 부부를 보면서 다시 힘을 받았다는 말속에 내외가 겪었을 고초의 흐느낌을 받아안았다.

쓸쓸한 그림

마을버스를 탔다. 텅 빈 버스에는 노구를 끌고 올라 탄 노인 한 분과 나뿐이다. 덜컹거리며 달리던 버스가 반포주공 아파트 앞에 멈추자 노인은 구부정한 허리를 펴며 교통카드를 찍는다. 나도 그 노인을 따라 내린다.

노인은 버스정류장 앞 벤치에 앉아 잠시 숨을 돌리고 있다. "할아버지 어디로 가시죠?" 하고 묻자 "우리 아들이 미국에서 오는데, 내가 마중을 가는 거야요." 하고 대답한다. 노인은 터미널로 공항버스를 타고 올 아들을 맞으러 가는 길인 것 같았다.

"제가 모셔다 드릴게요." 노인을 부축하여 층계를 조심스럽게 내려갔다. 할아버지는 연세가 82세이고 아들이 하나뿐인데 미국에 살면서 일 년에 한 번씩 한국에

다녀간다고 했다. 노인의 사연을 듣고 나니 왠지 가슴
이 답답해 온다.

얼마 전 남산 독거노인이 기거하는 곳을 찾은 적이
있다. 남산 자락에 있는 곳인데 열악한 환경이었다. 가
장 저렴한 기본 주거비만을 내면서 살고 있는 노인들은
거의 자손이 있는 분들인 것 같았다. 그분들은 우리를
함박웃음으로 맞이해 주었다. 이곳을 찾는 사람들이 많
지 않은 듯 여간 반기는 게 아니었다.

우리가 찾아갔을 때는 점심 봉사였기 때문에 몇몇 노
인들과 마주할 수 있었다. 몸을 쓰지 못하는 할아버지
와 집 안을 깔끔하게 정리해놓고 계신 할머니도 만났
다. "거기 틀니 좀 닦아다 줘." 할아버지는 다리를 잘
쓰지 못하셔서 식사도 차려드려야 했다. "우리 아들이
대학교수야. 바빠서 오지 못해." 할아버지는 그저 아들
자랑이 하고 싶었던 모양이다.

그러나 자녀가 안겨주던 기쁨, 그 꿈같던 세월은 눈
깜짝할 사이에 지나가버렸지 않은가. 그래도 노인들은
그 기쁨만을 어제인 듯 곱씹고 사실 것이다. 자식들은
저희 아이들의 부모 노릇 하기에 바쁘고 또 그러다가
언젠가는 여기 있는 노인들처럼 외로움 속에서 자식들

을 기다리며 살게 되는 게 인생이 아닐까.

나도 자식 노릇을 제대로 하지 못한 사람이다. 한 분 계신 아버지를 100수가 넘으실 때까지 모신 일로 자식의 할 바를 다했다고 자위했을 뿐, 부모님이 외로우셨을 거라는 생각은 한 번도 해보지 못했다.

자식들은 부모님의 외로움을 알지 못한다. 자식이 늘 곁에 있어도 쓸쓸하셨을 아버지, 그 외로움과 한숨을 미처 헤아려드리지 못한 불효가 새삼 회한이 되어 가슴을 짓누른다.

벤치에 앉아있던 노인이 반갑게 아들을 마중한다. 머리가 반백인 아들의 눈이 붉게 충혈되어 아버지를 얼싸안는다. 나도 덩달아 옆에 서서 눈을 붉힌다. 노인은 아들을 가슴에 안으며 무슨 생각을 할까. 이 아들이 또 떠나갈 걱정부터 하고 있는 것은 아닐까. 아들은 아버지의 그런 애틋한 마음을 아마 모를 것이다.

부자(父子)가 서로를 꼭 안고 있는 애잔한 모습이 한 폭의 쓸쓸한 그림으로 가슴에 들어앉는다.

콧물 고드름

오늘은 아버지의 기일이다. 어느덧 타계하신 지 십수
년이 되었다. 언제나 이 날만 되면 새해를 맞아 기뻐하
시던 아버지의 모습이 생각난다. 텔레비전을 보시면서
종각의 타종을 세고 카운트다운을 외치시던 환한 얼굴
이 어제 일처럼 생생하다.

형제 없이 혼자인 딸을 늘 안쓰러워하시며 나와 함께
지내시는 것을 미안해하셨던 아버지는 스스로 건강을
관리하시고 어떤 일이든지 홀로서기를 하여 딸에게 부
담을 주지 않으려고 무척이나 애쓰셨다.

1·4 후퇴 당시에 서울을 빠져나와 기차에서 내린 곳
이 천안이었다. 원래 종착역은 부산이었는데 무슨 일인
지 객차 다섯 칸을 떼어놓고 가버리는 바람에 어쩔 수

없이 그곳에 내려야 했다. 천안 읍내에서 거의 40리 길을 걸어 장수라는 마을로 들어섰다. 50여 가구가 옹기종기 모여 사는 조용하고 평화로운 곳이었다.

우리는 거처할 곳을 찾다가 이 마을 최고령 어른을 만났다. 흰 바지저고리를 입고 망건을 쓰신 할아버지가 긴 담뱃대를 들고 계신 모습이 내 눈에는 매우 신기해 보였다. 아버지와 그분이 말씀을 나누시는 동안 나는 안마당 한 쪽에 세워둔 자전거를 타고 신나게 마당을 빙빙 도는데 별안간 그 어른이 곰방대를 휘두르며 큰 소리로 야단을 치셨다.

"계집아이가 자전거를 타다니, 말세다 말세야." 하면서 무언가 집어서 던지기 시작하는데 알고 보니 마른 소똥이었다. 나는 놀라 비틀거리다가 마당 한쪽에 있는 돼지우리로 돌진해버렸다.

아버지가 방을 구하셨다고 짐을 옮겨 들어간 곳에 소똥을 던진 할아버지가 서 계시지 않는가. 바로 그분 집의 사랑채 윗방이었다. 움찔하며 눈치를 보는 나에게 할아버지는 빙그레 웃으시며 따뜻하게 맞이해 주셨다.

마치 새로운 세계로 들어온 듯 흥미를 느끼며 여기저기 돌아다니면서 구경을 했다. 짚으로 엮어서 올린 초

가지붕과 처마에 매달려 있는 투명한 고드름이 햇빛에 오색을 담고 있는 것이 어린 내게는 환상적으로 비춰졌다. 싸리나무를 얼기설기 엮어 만든 낮은 대문을 활짝 열어놓고 사는 동리의 푸근한 인심도 보았다. "엄마 피란온 거 참 좋다 그치? 엄마도 좋지?" 철딱서니 없는 어린 딸이 딱하다는 듯 웃음으로 대꾸하셨던 어머니, 피란지에서 보낸 시간이 내겐 영원히 잊지 못할 추억으로 지금까지 선명하게 남아 있다.

내가 결혼 후 딸만 내리 다섯을 출산할 때까지 아버지는 이화동 옛집을 지키며 홀로 사셨다. 남편은 혼자 계신 장인을 모셔오려고 수차례 아주 간곡하게 말씀드렸으나 손사래를 치며 사양하셨다. 그때마다 나의 마음은 몹시 아팠다.

기어이 여섯째로 아들을 낳았다. 소식을 들은 아버지는 만세까지 부르며 기뻐하셨고 아기가 백일이 되기도 전에 우리 집으로 들어오시겠다고 하시는 게 아닌가. 딸만 낳는 당신의 딸을 대신해 사위에게 면목 없었던 아버지, 그런 연유로 사위집에 들어오기를 주저하셨던 아버지의 심경을 알고 나니 얼마나 가슴이 아프던지, 아버지를 붙들고 웃고 울었다.

　아버지는 매일 오전이면 양복을 골라 입으시고 행복해하며 나가신다. 이른 아침에 아이들 등교를 시킨 후 기사가 아버지를 모시고 탑골공원으로 떠나는 차 뒷모습을 바라보며 눈시울을 적시곤 했다. 하루도 빠짐없이 해 드리는 이 일이 아버지께 효라 할 수는 없지만, 그래도 아버지께서 그토록 좋아하시니 나 또한 뿌듯하기 그지없었다.

　언젠가 대단히 추운 날이었다. 아버지는 사위가 사 다드린 밍크모자를 쓰고 꽤나 즐겁게 나가셨다. 오후에 모시러 가야 하는데 그날따라 아이들 퇴교 시간이 맞지 않아 30분이나 늦게 도착해보니 아버지가 공원 밖 담 밑에 떨며 서 계신 게 아닌가. 급히 아버지를 모시려는데 아버지 코 밑에 두 개의 작은 고드름이 매달려 있었다. 주차가 어려운 걸 아시고 미리 나와 기다리다가 콧물이 흘러 고드름을 달고 계신 아버지. 나는 아버지를 얼싸안으며 울음을 터트리고야 말았다.

　아버지가 떠나신 지 20여 년이 지난 오늘에도 고고하고 순전한 그 성품을 잊지 못한다.

　햇빛에 영롱한 무지개색이 반사되어 수정 같은 기다란 얼음을 보고 신기해했던 어릴 적 피란처의 고드름,

혹한에 공원에서 떨고 서 계셨던 아버지의 콧물 고드름을 떠올리니 별안간 가슴이 먹먹하다.

사진 속 아버지가 빙그레 웃고 계시다.

"내 콧물 고드름이 그렇게 슬펐냐?"

아버지는 여전히 철없는 딸을 놀리는 게 재미있나 보다.

소대장과 훈련병

그리운 어머니!

6 · 25 전쟁 때 저희식구가 피란을 가다가 하차한 곳이 천안이었다죠. 부산으로 가려던 기차가 더 이상 갈수 없다고 해서요. 40여 리를 시골로 들어가 장수마을에 거처를 정하고 아버지께서는 농사가 아주 많은 집에 방을 구하셨습니다. 그 댁은 노 할아버지와 아들 내외, 딸 세 식구 외에도 일꾼들이 여러 명이 살고 있었어요.

어머니는 제게 주인댁은 참 고마운 분들이니 어떤 일이든지 도와드려야 한다고 일러 주셨지요. 저는 그 댁의 모든 환경이 너무나 새롭고 외양간에 소들도 처음 보는 것이어서 얼마나 신기해했는지요.

아침저녁으로 선선한 바람이 불어 옷깃을 여미게 하

던 늦여름이었죠. 어머니께서 "경이야, 마당에 나가 병
례 언니(주인집 딸)를 도와 주거라." 하시며 도리깨라는
물건을 주셨어요. 그것이 무엇인지 어디에 쓰이는 것인
지도 모른 채, 제 키 두 배나 긴 장대를 들고 큰 마당
으로 나갔습니다. 그것은 콩과 깨, 수수와 조 이삭을 두
드려 낟알을 떨어내는 농기구였어요. 저도 신바람이 나
서 열심히 두드리는데 작은 알갱이들이 털려 나오는 게
여간 재미있는 게 아니었어요. 정말 신났어요.

사랑하는 어머니!

어머니께서는 제가 하는 일마다 칭찬을 해 주시며 한
번도 본 적이 없고 해보지 않은 일들을 골고루 시키셨
어요. 꾀를 부리거나 싫어하지 않고 덤벙대며 해내는
저를 대견해 하셨던 어머니, 이제 생각해보니 무남독녀
인 저를 강하게 키우고자 하셨던 게 아닌가 싶어요. 결
혼하더라도 서툴지 않게 무슨 일이든지 잘 해내도록 훈
련을 시키셨던 것 같아요.

어느 날 학교에서 돌아오니 어머니께서 굵은 나무통
에 옷감을 둘둘 말아 방망이 한 쌍을 주시며 조심해서
고르게 잘 두드리라고 하셨죠. 그것이 홍두깨였어요.
물론 두드리는 법을 알려주셨지만 신명이 나서 두드리

다 보니 옷감이 여기저기 터져버렸지요. 사고를 친 제
게 꾸중하시는 걸 보신 아버지께서 만류하시며 다시 그
옷감을 사 오겠노라 하시며 겨우 어머니의 화를 가라앉
혀주셨습니다. 그 감은 할아버지 추석빔으로 한복을 지
을 안채 집 것이었어요. 어머니께서도 기억나시죠? 다
음날 마침 천안장이 서는 날이어서 아버지와 저는 달구
지를 타고 시장엘 가 같은 옷감을 샀어요. 그제야 비로
소 그 감이 아주 비싼 명주인 줄을 알았지요. 다시 어머
니께서 푸새해 홍두깨에 감아주시고 저는 날렵하고 리
듬 있게 강약으로 두드렸죠. 점점 주름이 펴지고 반들
반들해지는 명주의 변화에 놀라고 마음에 큰 설렘이 일
었습니다.

　이런저런 힘든 일도 어머니를 원망하거나 짜증을 낸
적이 없었죠? 그저 생소한 시골 일들이 그냥 재미있기
만 했어요. 그래서인지 어머니께서는 여섯 마리의 소여
물도 끓게 하시고 지게를 매어주시며 뒷동산에서 나
무를 해오라고도 하셨지요. 소들을 세수시킨다고 눈곱
을 닦아주고 콧등도 닦아주는 제게 할아버지께서, "소
들은 세수시키는 게 아니다." 하시며 빙긋이 웃어주셨
습니다. 정말 재미있었어요, 어머니.

그렇지만 이웃 분들은 혹시 어머니가 친모가 아닌지 모르겠다며 수근대곤 했답니다. 어머니께서는 그런 남들의 뒷말을 웃어넘기시며 여전히 저를 훈련시키셨고요. 그런데 참 이상한 것은 처음 해보는 어려운 시골 일들이 왜 그렇게도 즐거웠는지 모릅니다. 피란을 온 게 참 좋다고 거듭 생각했어요.

어머니께서는 인자하시지만 늘 제게 엄격한 소대장 같은 분이셨어요. 저는 철부지 훈련병이구요. 제가 아이들을 양육하면서 그제야 어머니의 교육이 아이들 성장 시기에 꼭 거쳐야 할 값진 덕목임을 깨우치게 되었습니다. 바로 그 마음이 저를 사랑하시는 방법이었다는 것도요. 저 또한 제 아이들을 어머니처럼 엄격하지만, 큰 사랑으로 키웠습니다.

보고 싶은 어머니!

어머니의 크고 높은 사랑을 제 심장에 깊이 간직하고 필요할 때마다 아이들에게 한 쪽씩을 꺼내 줍니다. 지금의 제가 이 자리에 있는 것, 어머니의 분신으로 아이들 앞에 당당히 설 수 있는 것은 어머니께서 마련해 주신 소중한 저의 자리가 있기 때문입니다. 어머니의 기일이 10월 15일이죠. 해마다 그날은 저 홀로 어머니의 사진을 꺼내 놓고 조용히 기도를 드린답니다. 또한 그 시간은 제 자신을 돌아보는 가장 소중한 시간이기도 합니다.

어릴 적 제게 보여주신 어머니의 강인하고 후덕한 마음을 잊지 않고 제 삶의 지평을 열어가고 있습니다.

어머니 사랑합니다. 많이많이 보고 싶어요.

미니카 계보

딸아이가 쇼핑백에 무엇인가를 무겁게 들고 들어온다. 그것은 오래전 넷째 딸네 아들아기가 태어났을 때 보냈던 미니카들이다. 소독제로 깨끗이 닦아야 한다며 거실에 쏟아 놓는다. 오랜 세월 동안 잊고 있었던 조그만 자동차들이다. 순간 막내로 아들아이를 낳기 전부터 미니카만 보면 사 모았던 그 시절의 절박했던 내 모습이 떠올랐다.

첫딸을 낳고부터 아들을 소원하시는 시어머니 때문에 정신적으로 시달리며 신문사도 퇴직을 해야 했다. 부모님을 모시며 직장을 고수한다는 건 그 시대엔 힘든 일이었고 더구나 둘째도 딸을 보게 되니 그 부담감은 이루 말할 수 없었다.

그 후로도 계속 딸만을 출산하니 어른들을 뵙기가 힘들고 두렵기만 했다. 결혼 후 계속 일을 하고 싶어 둘만 낳아 잘 기르고 싶었던 나는 전업주부로 자리매김을 해야 했고 그 좌절감은 한동안 우울증까지 밀려왔다.

어쩔 수 없는 상황을 받아들여야 하는 내 자신이 한동안 혐오스럽고 무척 불만스러웠지만 어느 날부터인가 참고 살아가야 할 이유를 만들었다. 나는 거의 매일 남대문시장 수입품 판매하는 곳을 돌아다니기 시작했다. 그곳에서 앙증스러운 미니카들을 발견한 순간 앞이 환하게 트이는 듯 그동안의 스트레스가 모두 날아가 버린 것만 같았다.

여러 모양의 미니카를 사들이기 시작했다. 여자아이들 장난감도 아닌 미니카를 왜 모으는지 주위에선 의아한 시선을 보내기도 하고, 아들을 못 낳으니 남자아이 장난감이라도 사는가 보다 라고 수군대기도 했다.

내가 사 모은 미니카가 거의 60대를 넘었다. 여러 모양의 차들을 바라보며 내 염원은 아들아이가 태어나서 이 차들을 만지며 좋아하는 광경을 상상하면서 설레는 마음을 주체하지 못했다.

미니카들은 책장 선반에 가지런히 진열된 채 자신들

의 주인을 기다리고 있다고 믿으며 여섯째를 바랐다. 아들아이를 낳을 때까지 포기하지 않으려는 독한 오기가 생겼다. 그러나 남편은 자신의 능력 밖이니 그만 끝내자고 권유했지만 나는 그의 말을 듣지 않았다.

매일 선반에 놓여있는 미니카들을 어루만지며 마음속으로 기원을 했다. 이 차들의 주인이 와 주기를, 그래서 그리도 아들손자를 원하시는 시부모님이 만날 수 있도록 아들 출산을 하게 해달라고, 그 작은 차들에게 주문을 걸곤 했다.

과연 내 처지를 알아차린 듯 아들아기가 와 주었다. 그때의 심정을 무어라 표현할 수 있을까. 이젠 저 미니카에게 주인이 생겼으니 된 것이다. 그렇듯 바라시던 시어머니는 이미 타계하여 손자를 만나지 못했지만, 그건 아무 문제가 아니었다. 다만 저 많은 미니카에게 멋진 차주가 생겼다는 게 대단한 이슈였다.

아이는 종일 지치지도 않고 자동차를 가지고 놀았다. 여러 종류의 차를 쓰임에 맞게 나열하면서 무척 즐거워했다.

차츰 돌이 지나고 한 살씩 커갈수록 차를 대하는 태도까지 바뀌어갔다. 초등학교에서 중학교까지도 그 차들을 애지중지하며 관심을 키워갔다. 아들애가 고등학교를 졸업하고 유학을 떠난 후 그 미니카들은 내게로 돌아와 다시 소중히 보관을 하게 되었다.

넷째 딸 내외에게 두 아들이 태어났다. 이제는 미니카를 그 아이들에게 보내기로 했다. 보관만 하다 보니 색도 변하고 거칠어진 게 아무래도 다음 주인이 잘 보듬어 줘야 할 것 같았다. 두 손자는 그 차들을 얼마나 잘 가지고 노는지 그제야 마음이 놓였다.

마음 졸이며 기다렸던 아들이 유학에서 귀국하여 결혼을 하고 순탄한 결혼 생활에 들어갔으나, 아기가 생기지 않아 오랜 세월을 애타게 기다리던 중 7년여 만에 아기를 출산했다. 그 기쁨을 온 가족이 함께하며 아들 내외에게 축복을 했다. 마침 사내아이여서 나는 나만의 또 다른 기쁨을 조용히 즐겼다. 포항 손자들이 가지고 놀았던 미니카를 물려주게 되었구나 하는 안도감마저 느꼈다.

아기가 백일쯤 돼 갈 때 넷째 내외가 미니카를 깨끗이 닦아 아들에게 물려주는 장면은 참으로 잊지 못할 감격의 순간이었다. 내색은 하지 않았으나 마음 깊이 뜨거운 감동이 소용돌이쳤다. 아들이 태어나기 전 정성을 담아 준비했던 미니카들이 긴 여정 끝에 본가로 돌아와 대를 이은 셈이니 미니카가 대를 물리게 된 것이다.

새 주인을 만날 미니카들은 단장을 하고 손자의 품으로 갔다. 그리하여 할머니의 소중한 보물이었던 미니카들은 아빠의 손때가 묻은 보물로, 외사촌 형들에게 가있다가 다시 새로 태어난 유준에게로 그 계보를 이어가게 되었다.

마중물

피란 시절 그곳은 읍내에서도 40리를 들어가야 하는 두메산골이었다. 집집마다 우물에서 두레박으로 물을 퍼 올려 쓰고 그나마도 우물이 없는 집은 멀리 떨어져 있는 샘물을 식수로 썼다. 한 마을에 부농(富農) 한두 집은 펌프를 설치해 쓰고 있는데, 물을 붓고 한참 펌프질을 해줘야 물이 나오기 시작하는 그 쇳덩이가 여간 신기한 게 아니었다.

물 한 바가지를 펌프에 붓는 것은 땅속에 있는 물을 끌어올리기 위해 마중을 가는 것이라는 어르신들의 말씀을 듣고도 무슨 말인지 이해를 하지 못했다. 펌프의 원리를 나이를 더해가며 비로소 깨닫기 시작했다.

마치 밤에 오시는 귀한 손님을 맞이하기 위해 마중

나가는 주인의 따뜻한 마음처럼 마중물은 땅속으로부터 물을 끌어올리기 위해 씨앗 물이 되어 물길을 이어주는 에너지 역할을 한다는 근원을 알았다.

그러고 보면 우리 주변에도 마중물이 많다. 가을 현란한 빛으로 녹아드는 단풍은 다가올 겨울을 마중하고 불타는 듯한 석양은 밤을 마중하기 위해 온몸을 태운다. 한 해의 마지막 날 우리는 모두가 신년을 마중하기 위해 온 마음을 다해 서로를 부둥켜안고 연말의 인사를 하는 게 아닐까. 과거는 현재를 마중하고 현재는 미래를 마중하기 위해 존재하는 것이기도 하다.

딸아이가 결혼을 한 지 5년이 되도록 아기가 없었다. 처음 2,3년은 별생각 없는 듯 보였으나 차츰 시간이 흐를수록 딸은 물론 나 또한 초조한 마음이 들기 시작했다. 근래 산부인과를 찾는 불임환자가 점점 늘어난다는 매스컴의 소식이나 주위 아기를 갖지 못해 병원을 찾는 사람들이 많은 것을 보며 딸애는 점점 불안감이 깊어지는 것 같았다.

어느 날 병원을 다녀온 딸애에게 나는 '마중물'에 관한 이야기를 들려 주었다. 아기를 가지려면 엄마의 마음가짐과 몸을 어찌해야 하는지, 마치 손님을 맞기 위해 설레며 기쁜 마음이 되어야 하고, 또한 적당한 신체 단련으로 아기가 찾아왔을 때 잘 맞이할 수 있는 건강한 몸을 만들어야 한다고 강조했다. 아기를 마중하기 위해 모든 준비를 해 나갈 때에야 비로소 귀한 생명을 받아 안을 수 있는 것임을 간곡히 일러주었다.

우리가 살아가는 주위에는 어디든 마중물이 있다는 것을 깨닫지 못하고 지내왔다. 인간관계뿐만 아니라 삶의 이치 가운데는 마중물이 항상 존재한다는 것을 일찍 알았다면 좀더 가치 있는 삶을 살아오지 않았을까 싶다.

비를 마중하기 위해 먹구름이 몰려 고갈된 땅 위에 단비가 내리듯 메말라 돌덩이처럼 굳어있는 마음 밭에 한 바가지의 마중물을 부어 청량한 샘물을 끌어올려 끝없는 욕망과 이기심을 씻어내고 인간미 넘치는 따뜻한 가슴이 된다면 이보다 더한 보람이 있을까.

나는 오늘도 한 바가지의 마중물이 되어 내 이웃을 마중하려고 한다.

골짜기의 꿈

　지리산 산행을 떠났다. 오랜 허리디스크 때문에 산행을 한다는 것은 내게 쉬운 일이 아니었다. 그러던 차에 2년 전 얼떨결에 지리산 바래봉 철쭉제에 다녀온 후로는 차츰 용기가 생겼다.

　아버지가 돌아가신 후로는 남편 친구나 지인들이 여행을 하자고 자주 제의했다. 아버지를 모시고 살 때에는 아무 곳도 동행할 수 없다는 것을 기정 사실로 받아들였던 분들이지만 이제는 마음만 먹으면 된다면서 이번 산행을 추진한 것이었다. 선뜻 응했지만 은근히 염려가 되었다.

　산사람들을 바라보며 존경을 금치 못했던 내가 산행을 한다는 것만으로도 큰 의미가 있었다. 오르다가 중도에서 탈락을 한다 해도 개의치 않겠다는 각오를 하고 떠났다.

지리산 초입부터 벌써 숨이 차오르기 시작했다. 거대한 산자락이 굽이굽이 물결치고 바람에 몸짓을 해대는 나무들, 대자연의 위용을 자랑하는 거대한 바위군(群)들, 곳곳에 수줍은 듯 피어 있는 야생화들, 깊은 곳으로 들어갈수록 그 신비로움은 극치를 이루고 있었다.

우리 일행이 땀을 식히며 쉬고 있는 건너편 구릉지엔 깊게 드리워진 무거운 그림자가 보였다. 이곳은 그 유명한 피아골로, 지금은 흔적도 찾아 볼 수 없지만 역사의 한 시대에 서로 이념을 달리했던 사람들이 서로 죽이고 싸웠던 비극의 고장이다. 절경으로 펼쳐진 골짜기마다 붉은 피로 물들었을 나무들, 아무렇게나 흩어져 있는 돌짝 하나하나에서도 피로 얼룩진 병사들의 투혼을 떠올려보았다. 그들은 비록 서로 다른 이데올로기의 희생자들로서 싸우다 스러졌지만, 그들 나름대로 간직했을 소중한 꿈은 펼쳐보지 못하고 그렇게 산화했을 것이다.

골짜기에는 빛을 잃은 듯 적막한 정적이 흐른다. 마치 수많은 젊은이들의 마음을 알고나 있는 듯 거대한 숲은 무거운 얼굴로 침묵하고 있다.

피아골의 비극을 설명해 주는 안내원의 얼굴에도 우수가 서려 보인다. 일행은 숙연한 마음으로 한동안 말을 잃고 묵묵히 서 있다. 과연 그들은 확고한 사상과 이념의 소유자였을까. 혹시 타의에 의해 어쩔 수 없는 길을 택해야만 하지는 않았을까. 가슴이 아리고 울컥 뜨거운 것이 솟구친다. 골짜기에는 여전히 정적만이 흐르고 무성한 나무들은 민족상잔의 아픔을 아는지 모르는지 넘나드는 바람에 싱그럽게 몸을 흔들고 있다.

젊은이들의 꿈이 서려 있는 골짜기, 비록 이루지는 못했으나 꿈을 간직했었다는 것만으로도 그들은 행복하지 않았을까. 언젠가는 만날 수 있다는 희망 하나만을 끌어안고 끝까지 투항을 거부했을 젊은이들, 굶주림과 추위에 지쳐도 사랑하는 이를 생각하며 목숨을 부지하려 애썼을 이들의 영혼이 아직도 이 골짜기에 떠돌고 있는 것만 같다. 가슴 한구석이 아리고 아파온다. 비록 내 아들, 내 남편은 아닐지라도 생사의 갈림길에서 나날이 목숨을 연명하며 이곳에서 그들의 꿈을 버리지 않았을 것을 생각하니 더욱 연민의 정이 느껴진다.

선뜻 발길을 옮기지 못하는 일행을 재촉하는 안내원

의 목소리도 떨리는 듯 골짜기를 울린다.

곧 가을이 찾아들 것이다. 그리고 하얀 눈이 쌓이고 이 골짜기에 아름다운 눈꽃이 필 것이다. 아무도 찾는 이 없어도 그들이 이루지 못한 꿈만은 눈꽃 위로 구릉으로 날아다닐 것이다.

하산하는 길가에는 여기저기에 엉겅퀴가 무리지어 서 있다. 패랭이꽃도 입술을 반쯤 벌려 웃고 있다. 계절을 기다리는 모습이다. 그것들도 곧 꽃을 피우겠지만 외롭게 피었다 저버릴 들꽃일 뿐이다. 이름 없이 스러져 간 이들의 얼굴처럼 꽃은 그렇게 조용히 피어 있다.

발걸음을 멈추고 아래를 내려다본다. 골짜기 갈피마다 2월의 햇살이 검푸른 나무에 내려앉아 반짝인다. 골짜기는 아무 일도 없었던 듯 평온하게 보이지만, 오랜 세월의 상흔(傷痕)을 품어 안고 통곡하듯 무겁기만 하다.

축(軸)

충청도 지방에 간 김에 장수(長壽)라는 마을을 찾았다. 이곳은 1·4 후퇴 당시 피란을 갔던 곳이다. 일행에서 빠져 버스를 타고 한참을 들어가면서 감회가 새롭고 가슴까지 설레지만 전혀 알아볼 수 없이 변해버려 실망하면서도 한두 곳은 낯익은 것들이 눈에 들어왔다.

저만치 모터를 단 수레가 오고 있다. 바라보고 있자니 그때 우마차에 올라타고 좋아했던 내 어릴 적 모습이 떠올라 감개가 깊었다. 60여 가구가 사는 이 동네는 농가가 대부분으로 짚으로 엮어 올린 초가지붕이 매우 인상적이었고 소가 끄는 쟁기와 볏짚을 두드리는 도리깨도 신기했다. 교통수단으로는 유일하게 소달구지와 수레뿐이었는데, 마차를 탈 때마다 가느다란 바퀴가 기

우뚱거리면서 돌짝 길과 흙길을 잘 굴러가는 게 홍미로
웠다. 무거운 짐을 싣고 여러 사람이 올라타도 바퀴는
잘도 굴렀다.

수레를 처음 경험해보는 나는 궁금한 게 한두 가지
가 아니었다. 바퀴를 자세히 들여다보니 바퀴 중심에
가느다란 살들이 꽂혀 있었고 그곳에 매달린 살들은 중
앙 둥근 쇠에서 힘을 받고 돌아가는 것 같았다. 수레에
올라타고 시골 오일장 구경을 가노라면 늘 바퀴에 비밀
스런 신기가 감춰져있는 것처럼 여겨졌다. 궁금해 하면
어른들은 "축이라는 게 있어서 잘 구르는 거란다."라고
대답해 주셨다.

몇 해 전 캄보디아 앙코르와트를 관광한 적이 있었는
데, 그곳의 건축물들은 이미 수백 년 전 공법으로 만들
어졌다는데도 벽돌을 쌓아올린 어느 한 부분마다 돌을
깎아 만든 돌못이 박혀 있었다. 벽돌담의 건조나 습기
에도 견고하게 유지될 수 있도록 균형을 잡아준다는 돌
못, 바로 축의 역할임을 가이드는 알려 주었다. 세밀히
살펴보니 거대한 돌기둥과 벽면 여러 군데군데에도 돌
못이 박혀있는 것을 볼 수 있었다. 그 시대에 이미 이렇
듯 신묘한 공법이 있었다니 놀랄 일이었다. 거대한 빌

딩과 끝이 보이지 않는 성곽들, 하늘을 돌파하는 우주선과 모든 문명기구들마다 어딘가에 박혀 힘을 떠받치는 축이 있었다.

신문에서 이라크 한국인 참사를 읽었다. 아내와 자식이 만류하는 것을 뿌리치고 이라크 현장으로 떠났던 아버지가 유명을 달리했다. 마치 수레바퀴에 축이 빠져버린 것처럼 아내와 자식의 받침대가 되었던 가장을 잃었다. 서까래가 무너져 내리고 주춧돌이 튕겨져 나온 듯 가정은 균형이 깨지고 말았다.

수레의 축이 있듯이 가정에는 가장이라는 축이 있다. 축을 중심으로 부모님과 아내, 자녀들이 바퀴의 살처럼 한 곳을 향해 꽂혀 있다. 화목과 평화 가운데 웃음이 그치지 않고 사랑이 샘솟는 것은 가장이 중심이 되기 때문이다.

곳곳에 많은 노숙자들, 그들은 각 가정의 축이었지만 직장을 잃고 소외당하여 제자리를 잃었다. 가족에게조차 말할 수 없는 고뇌와 번민을 부여안고 방황하고 있다. 어디든 오라는 데가 없고 반겨주지도 않는다. 일자리를 찾아 헤맸으나 하루 노동조차 차례가 오지 않는다.

가족과 함께 솟아오르는 해를 맞이하던 신년의 감격
도 무의미했다. 어떤 일이 일어나든지 가장과는 상관이
없었다. 무기력과 상실감에 쌓인 채 하루하루를 연명할
뿐이었다. 가장의 존재나 부재는 아무 의미도 없어진
채.

축은 있을 자리에 꽂혀있어야 한다. 단 0.1mm의 오
차만 있어도 중심이 흔들리고 무너지고 만다. 빠질 듯
뒤뚱거리며 굴러가는 수레바퀴가 예사로 보이지 않는
다. 방향을 잃고 방황하던 축이 제자리를 찾아 꽂힐 때,
여린 살들은 비로소 견고해진다는 것을 알게 되었다.

존재의 끝

물리치료실 침대에 누워 천장을 본다. 형광등을 싸고 있는 플라스틱 덮개 안쪽에서 작은 물체가 움직인다. 무엇인가 싶어 윗몸을 일으켜 눈을 크게 뜨고 자세히 바라보니 새끼 거미가 살살 기어 다니고 있다.

족히 두 시간여는 치료를 받아야 하는데, 심심찮게 거미의 주행에 눈길을 주며 따라다닌다. 새끼 거미는 안주할 곳이 없는 반지르르한 덮개 안에서 계속 헤매는 듯 보인다. 혹시 너무 뜨거워 이리저리 기어 다니는 걸까, 아니면 나갈 구멍을 찾는 것일까. 점점 궁금증이 인다.

며칠 전 이삼일간 계속 집전화가 울렸다. 번호를 보니 070… 받으면 끊어지고 좀 있으면 또다시 벨이 울리고를 하루에 10여 회를 거듭했다. 처음에는 잘못 온 전화이거니 했는데 그것이 아닌 스펨 전화일 거라고 단정하고 전화를 받지 않았다. 그렇다 보니 꼭 필요한 전화까지도 받지 못했다. 전화가 오기 시작한 지 사흘째 되던 새벽에 또 전화벨이 울렸다. 잠결에 놀라 수화기를 내려놓으려다 그만 침대 아래로 떨어지고 말았다. 낙상하는 순간을 전혀 기억하지 못한 채 정신을 차렸을 때는 온몸에 타박상으로 고통스러웠다.

벌써 열흘간이나 통증에 시달리며 한의원과 병원을 찾아 치료를 받고 있으나 전혀 나아지는 기색이 없다. 그 신경과를 가는 날은 물리치료실의 흐릿한 형광등이 켜져 있는 천장부터 살핀다. 새끼 거미가 보이지 않는다. 데어 죽었나? 나갈 틈이 없는 뜨거운 덮개 안에서 헤매던 미물이어서 더 가여웠다.

치료를 받는 동안 생각에 잠긴다. 수년 전 발코니 방충망 밖에 매미가 달라붙어 있었다. 당연히 나무에 앉아 노래해야 할 매미가 어쩐 일로 유리창 방충망에 매달려 있는지 이상한 생각이 들었다. 우리 아파트가 바로 산 앞이어서 창문을 열어놓으면 왕벌부터 이름 모를 새가 이따금 발코니에 들어와 소란스럽게 퍼덕대다 창문을 빠져나가곤 했다. 모기가 성한 여름과 가을에는 될 수 있으면 방충망을 열지 않는데 매미는 안으로 들어오질 못했나 보다. 며칠 동안을 그렇게 매달려 있던 매미가 왠지 울지도 않고 움직임이 없었다. 이상한 느낌이 들어 눈여겨보니 매미가 졸아든 것처럼 작아 보였다. 매달려있는 매미를 손가락으로 톡 치자 종잇장처럼 떨어져 버리는 게 아닌가. 이미 생명을 다했던 것을 몰랐다. 매미가 마지막 떠난 자리가 내 집 방충망이라니, 작은 몸 뉠 곳을 잃어버린 걸까? 이 세상에 태어나 한가락 멋지게 여름을 즐기며 살아가던 존재가 사라져버린 것이다.

오늘 아침 티브이에서 가슴 아픈 사연을 보았다. 104세의 노인이 인터뷰하는 장면이었다. 병마에 시달리고 있는 것과는 달리 말씀도 분명하고 전체적인 건강이 양호한 듯 보였다. 사랑하는 가족을 모아놓고 안락사에 대한 본인의 마음을 전하는 모습이었다. 그 노인은 가족이 슬퍼하며 호응하는 가운데 스위스 취리히 '디그니타스' 안락사 지원 전문병원에서 생을 마쳤다는 내용이었다. 그분은 존재의 의미를 생명 연장에서 거두고 싶었던 것일까.

100세 시대가 와 있다. 그러나 스스로 생각하고 행동하며 이성적인 사고를 얼마나 잃지 않고 살아갈 수 있을지. 사는 동안 신체가 건강하여 존재만으로가 아닌 정상적인 정신력으로 남은 날들을 살아간다면 무엇이 문제가 될 것인가. 대부분 노인의 대열에 들게 되면 지적 능력과 노쇠로 느끼는 삶의 허망 때문에 생명의 소중함을 포기하게끔 되는 것 같다.

계절이 변할 때마다 산천이 함께 따라 변한다. 화려한 신록의 소나타가 울리면 나무마다 색동옷을 걸치고 벙근 봉우리를 열어 이 세상을 환히 밝혀주지만 바람처럼 지나가는 짧은 시간의 흐름에 얹혀 어느덧 초로의 몰골로 스러져 가는 이치는 모든 생물이 겪어야 하는 운명일 것이다.

여러 날 치료를 거듭하며 내게 주어진 유예된 시간들을 허비하고 있지는 않는지, 급행열차를 기다리는 마음으로 초조함에 시달린다. 삶에는 정답이 없으니 그저 살다가 그렇게 사라지는 것인가. 존재의 끝은 어디로부터 어디까지일까.

매일 치료실에 들어갈 적마다 손톱만 한 거미의 짧은 생을 떠올린다. 뜨거운 형광등 박스에서 탈출하고자 안간힘을 쓰던 작은 모습이 아른거린다.

생 명

화들짝 잠에서 깼다. 시계를 보니 새벽 4시가 조금 넘었다. 밖은 아직도 캄캄하다. 왜 이 새벽에 잠을 깼을까. 꿈을 꾼 듯 안 꾼 듯 몽롱하다. 잠시 정신을 가다듬다가 아차 싶어 허둥지둥 발코니로 나갔다. 영하 10도가 넘는 강추위에 오들오들 떨고 있는 화초들이 눈에 들어왔다.

이 무슨 바보짓을 한 것인가. 낮 햇살이 따끈하여 발코니 밖 창문을 잠깐 열어 공기를 마시게 한다는 게 온종일도 모자라 밤새도록 열어 놓았다니. 꽁꽁 얼어서 버석거리는 난들과 예쁘게 꽃이 핀 선인장, 화분의 화초들을 두손으로 감싸며 어떻게 할 줄을 몰랐다.

"얘들아 미안하구나. 잘못했어." 나는 기어이 참지

못하고 눈시울을 붉혔다.

한순간이지만 살아있다는 게 얼마나 소중한 건지 새삼 느꼈다. 인간뿐만 아닌 모든 생명체에 대한 준엄한 깨달음이다. 아무리 잠깐의 실수라 할지라도 스스로 용서가 되지 않는다. 봄을 기다린 호접란, 만천홍, 글로리아가 방긋방긋 꽃잎을 열자 일 년이 넘도록 감감하던 게발선인장이 빨간 봉오리를 조롱조롱 매달고 저희끼리 조잘거리는 듯했는데, 내 건망증이 그 애들을 이 모양으로 만들어 놓고 말았으니, 돌이킬 수 없는 큰 잘못을 한 것이다.

우리 집은 고층아파트 맨 위층이이어서 겨울이면 유리지붕이 덮인 발코니가 완전한 온실 역할을 한다. 어떤 식물이든 추위에 얼어 죽는 일은 없었는데, 나의 관리 소홀로 지난겨울 그 꽃들에게 크나큰 상처를 입히고 말았다. 얼어버린 이파리와 꽃잎을 잘라주며 미안하고 아픈 마음으로 어서 봄이 오기를 간절히 기다린다.

생명이 있는 것, 미미한 곤충에도 생명체의 신비함이나 존엄성이 존재한다. 단 며칠, 아니 하루를 살다 가는 하루살이조차도 생명 부지를 위해 살아있는 동안 부단히 노력한다. 하물며 화사하게 꽃을 피우고 겨울을 잘 보내고 있는 발코니 목숨붙이들에게 못할 짓을 해서 모두 얼려죽일 뻔했으니 생각할수록 딱하고 가여워 가슴이 저리다.

급히 화분 밑동을 파 보았다. 거기까지는 채 얼지 않아 얼마나 다행스럽던지. 그러나 내 수족은 자근자근 쑤시고 후회와 미안한 생각으로 입맛조차 잃어버릴 지경이다. 난 화분들 옆에 항상 순이 늦게 트는 은행나무 두 분도 얼었나 싶어 매일 어루만지며 "이젠 그만 싹 좀 틔우렴." 하고 중얼거려 본다.

며칠 전 일산에 사는 후배의 부음을 받았다. 그녀는 고운 얼굴에 늘 상냥한 미소로 누구에게나 호감을 주는 사람이었다. 특히 난을 좋아해서 정성을 다해 가꾸던 후배는 난 키우는 자기만의 노하우가 있다며 곧잘 내게 자랑을 늘어놓곤 했다.

그날도 난 잎을 닦으며 영양제를 주다가 머리에 통증을 호소해서 병원으로 가는 도중 그만 숨을 거두었다고, 딸이 울면서 연락을 했다. 너무나도 황당했다.

그렇게 난을 사랑하고 자식처럼 아끼던 그녀는 난과 더불어 지내다가 그들과 이별을 한 것이다. 이 엄청난 일은 나 또한 그냥 지나칠 수 없는 심각하고 형언할 수

없이 두려운 사건이다. 이렇듯 허무하게 생명줄이 끊어
질 수 있다니, 문득 내 실수로 상해버린 화초들을 떠올
린다.

침통한 마음으로 발코니 화초들에 물을 뿌려준다.

"얘들아 정말 미안하다."

얼어서 축 늘어진 이파리들, 꽃잎이 잘려진 줄기와
가장이를 쓰다듬으며 존재의 덧없음을 깨닫는다.

생명이 있다는 것, 위대한 축복이다.

행복의 초상화

　바람이 불기 시작한다. 막 도착한 문예지를 펼쳐든다. 한 달 동안 배달되는 책들이 서너 권은 되는데, 그 책을 일일이 다 읽어보기는 힘겹지만 먼저 제목을 골라 마음에 와닿는 것을 고른다.

　우연히 아무개의 글을 읽다가 죽음에 대한 글귀를 접했다. '죽음은 긴 이별이며 그 이별을 준비하는 기간을 살기 위해 매일 연습하는 것이 삶이다.' 공감이 가는 말이다.

　문득 내 삶의 자리는 어디일까, 내 존재는 어디까지 와 있을까 의문이 일었다. 지나간 세월의 흔적을 돌이켜보자 별로 특이할 만한 것이 없는 것들뿐이다. 다만 암울한 전쟁을 겪었던 어린 시절, 감성에 목말라 하며 명동 뒷골목을 헤매던 낭만파 자칭 문학도 시절, 목이 터져라 시를 읊고 음악에 실려 눈물을 흘렸던 시대는 한쪽 귀퉁이가 아닌 내 심장 한복판이었다.

지축을 흔들며 달리는 지하철, 점점 사라지는 열차의 마지막 칸이 시야에 한 점으로 남겨져 있을 때까지 서 있어 본다. 인생은 바로 저 열차와 같지 않을까. 아니 어쩌면 열차보다도 못한 것이 인생길이지 않을까. 뚜렷한 목적지가 보이지 않는 삶의 연속이기에.

차에 몸을 싣고 흔들리며 차창을 내다본다. 휙휙 바람이 일듯 멀어져가는 높은 아파트와 빌딩, 그 사이에 낀 삶에 찌든 낮은 지붕들이 슬퍼 보인다. 단풍이 아름답다고 탄성을 지르면서도 가슴 한구석이 싸하다. 마지막 생을 마감하는 나뭇잎이 혼신을 다하여 스스로 불태우려 하는 모습을 바라보기 때문일까.

파리 몽마르트르 언덕 카페에 앉아 있는 화가 모딜리아니, 알콜과 마약에 시달리며 그려 낸 그의 그림은 왜곡된 선과 외톨이의 슬픔이 잠식되어 있다. 짧은 생을 살아가면서 어디에 가치를 두는가에 그 생은 화려하고 찬란하기도 할 것이며 어둡고 침울하기도 할 것이다. 외로운 화가 모딜리아니를 떠올리니, 비록 자신을 돌보지 않았지만 나름대로 행복한 삶을 살았던 그가 부러웠다. 자부심과 열등감으로 반복된 일상의 간격을 메꾸기 위해 술과 약물로 지냈던 그가 36세로 요절할 때 "나는 행복했다."라고 할 수 있었음은 과연 그는 행복이 무엇인지를 알았기 때문일 것이다.

마지막 달력 한 장이 매달려있는 것을 보면서 무엇부터 해야 할지 초조와 긴장감이 온몸으로 비집고 들어온다. 지난 열한 장의 달력을 떼어내며 어떤 생각들을 했던가. 지난날의 기억이 그림자처럼 남아 있을 뿐 후회와 미련의 흔적뿐이다. 단 몇 년 전만이라도 되돌릴 수만 있다면 내 존재는 좀더 창의적이고 당당한 모습일 것인데. 떠나간 열차를 놓치고 후회하듯 그렇게 내 존재는 회한의 나날을 맞고 보내고 있다.

스위스에 사는 둘째네를 방문했다. 오랫동안 계획하여 두 내외가 함께 지은 새집엘 갔다. 연습실과 객실, 확 트인 거실과 편리한 인테리어가 마음에 들었다. 유럽풍이면서 단순한 구조는 세 식구가 생활하기에는 큰 듯하지만 항상 음악인들과 하우스콘서트를 열기에 편리한 집이었다. 밖 테라스에서 바라보이는 알프스산은 유난히 날씨가 쾌청해야 그 위용을 볼 수 있다는데 우리가 머무는 일주일간은 예년 4월 같지 않게 날씨가 무척 좋아서 알프스산에 하얀 눈을 볼 수 있었다.

배나무 한 그루를 심어놓고 벌레 먹은 이파리를 안타까워하며 약을 치는 딸애를 바라보며 눈물이 고인다. 어려서 유학길에 올라 외롭고 힘든 나날을 보냈던 딸이 어느새 삶의 한 페이지를 열고 자신의 인생길을 구상하고 있으니 저 아이는 행복의 모습을 이미 보고 있는 것인가. 행복을 추구하는 인생관이 확고한 딸애는 이미 행복의 초상화를 그리고 있는 것 같았다.

정성스레 물을 주고 퇴비를 주어 소출을 바라던 밭에 마른 먼지만 풀풀 날아다니고 있는 버려진 내 마음밭은 얼마나 남아 있을까. 그래도 욕심을 내며 그 밭에 꽃과 열매를 기다리는 초조함이 서글프다. 그것이 나의 삶이다.

바람에 휘어지는 미루나무 같은 내 행복의 초상화는 어디에서 찾을 것인가.

사랑의 승리

어느 해 겨울이었다. 거리엔 크리스마스 캐럴이 흐르고 이곳저곳에 쏟아지는 별을 받아 안듯 현란하게 장식된 트리들이 내 발걸음을 멈추게 했다. 설레는 마음을 진정시키며 미술관 문을 열고 들어섰다. 훈훈한 분위기가 감도는 전시장 안에서 아주 스마트하고 조금은 날카로운 듯하나 사랑이 가득한 눈망울을 가진 청년을 만났다. 청년은 휠체어에 몸을 싣고 이리저리 바쁘게 하객들을 만나고 있었는데 그 모습이 얼마나 활기차 보이는지 콧등이 시큰해졌다.

그림은 한 점 한 점 그 청년을 닮아 맑고 청순해 보였다. 온유한 색채와 오묘한 선의 흐름이 신기하게도 비상한 힘을 뿜어내고 있었다. 그림 앞에 서서 나는 솟구치는 감동을 억제하지 못했다. 손으로 그린 것도 아니고 입에 붓을 물고 이 많은 그림들을 그렸다니, 남의 경사스런 일에 자꾸 눈물을 닦아내는 내 모습을 들키지 않으려고 화장실을 드나들기에 바빴다. 내 눈앞에는 믿을 수 없는 일이 펼쳐지고 있었고, 청년은 자신의 불행을 행복과 기쁨으로 승화시키고 있었다.

그 청년이 오늘은 또다시 두 번째 삶의 골인점에 승리의 깃발을 꽂았다. 웨딩마치에 맞추어 서서히 휠체어에 몸을 싣고 입장을 하였다. 순간 억제할 수 없는 오열이 일었다. 이렇듯 기쁘고 축복된 자리에서 그의 뒷모습을 지켜보며 감정을 주체할 수가 없었다. 그렇다면 나는 청년을 진정으로 이해했던 게 아니지 않는가. 서서히 입장하는 신부의 아리따운 자태는 마치 두 날개를 달고 있는 천사의 모습으로 비춰져 숭고함마저 느끼게 했다. 모든 것을 초월한 순전한 사랑을 보아서일까.

결혼식에는 지체가 부자유스러운 축하객들이 많이 와 있었다. 그들의 얼굴은 상기되어 있었으며 기쁨이 가득해 보였다. 두 젊은이를 바라보는 그들의 기쁨은 내가 느끼는 것보다 몇 배나 크고 뿌듯했을 것이다. 식장 안은 열기가 넘쳤다. 비록 지체는 부자유해도 아무

거리낌 없이 당당하며 자신감이 넘치는 두 사람의 모습
은 바로 승리자의 그것이었기 때문이다.

우리 주위에는 육체는 정상적이나 정신에 장애가 있
는 사람들을 많이 볼 수가 있다. 그들은 자신이 정신적
장애가 있다는 사실을 알지 못한 채 살아가고 있기 때
문에 상대에게 던져주는 민폐를 전혀 느끼지 못한다.
또한 자신의 울타리 속에서 아집과 편견으로 모든 일을
해결하고자 하니 타인에게 상처를 입힐 수밖에 없다.
이런 사람들에 비해 신체는 성치 않아도 건강한 정신으
로 자신의 몫을 다하고 있는 이들이야말로 정녕 이 시
대에 필요한 참일꾼이 아닐까 싶다.

신랑은 상기된 얼굴로 하객에게 미소를 보내고 있다.
그런 모습을 보면서 가족은 물론 하객들마저 눈물을 닦
아내며 대견해 했다. 이제는 막 남편이 된 신랑의 휠체
어를 밀며 서서히 퇴장하는 신부가 활짝 웃고 있다. 꾸
미지 않은 미소와 표정을 보니 만감이 교차한다. 참으
로 행복해하는 신부를 바라보면서 왠지 측은한 마음이
앞서는 것은 아직도 그들만큼은 순수하지도 용감하지
도 못하기 때문일 것이다.

그러나 그것은 순수나 용감함이 아니라 숭고한 사랑

의 힘인 것을 알았다. 두 젊은이들을 바라보면서 과연 이들이야말로 진정 사랑의 승리자임을 다시 한 번 확인하는 시간이었다.

남편의 방

새천년을 맞이하는 카운트다운이 시작되었다. TV에 맞추어 손가락을 꼽아가며 세시던 아버지가 새천년을 맞이하고 보름 만에 떠나셨다. 103세에 타계하셨으니 호상 중 호상임에도 내 가슴 한 구석엔 횡하니 바람 구멍이 뚫렸다.

아버지를 모시고 살아온 지가 27년이다. 동기간이 없으니 내가 모셔야 하지만, 장인에 대한 남편의 효성이 아니고는 이렇듯 긴 세월을 함께 살아간다는 것이 쉬운 일은 아니다.

아버지를 벽제 동산에서 보내드린 후 집 안은 찬바람이 휘도는 듯 적막하기 그지없다. 계실 때에는 느끼지 못했던 아버지의 온기가 얼마나 따뜻했는지 이제는 절

실하게 느껴진다. 며칠 동안 문을 열고 들여다만 보다
가 아버지의 방을 새롭게 꾸며야겠다는 생각으로 서둘
러 사람을 불렀다.

남편의 서재를 만들기로 했다. 아버지가 거처하시던
곳을 남편의 방으로 꾸미면 좋겠다는 생각이 들었던 것
이다. 도배가 끝나고 책상과 책장이 들어오고 책을 꽂
고 나니 아담한 서재가 되었다. 퇴근하여 돌아온 남편
이 몇 번이나 들락날락하면서 좋아하는 모습이 아이들
같았다.

방은 여러 개 있었지만 남편만의 공간이 없는 게 마
음에 걸렸었다. 그래서 남편은 늘 회사에서 끝내지 못
한 잔여분을 가져와 거실 탁자에서 마무리를 하곤 했
다. 아직 남아 있는 두 아이가 있고 장인이 계시니, 자
신만의 공간으로 사용할 만한 방이 없었던 것이다.

나이가 들수록 내 방이 따로 있으면 하는 생각이 들
곤 하는데 남편은 오죽했을까 싶다. 집에 돌아와서도
글 한 줄 조용히 읽을 만한 공간이 마땅히 따로 없다는
게 얼마나 불편했을지 미처 생각조차하지 못한 긴 세월
이었다. 남편에 대한 배려도 없이 그저 불평을 할 줄 모
르는 사람으로 알고 살아 온 지난 세월이 미안스럽다.

　남편도 자신만의 세계가 필요했을 텐데, 아무 내색 없이 묵묵히 지내온 것을 생각하면 고맙기만 하다. 이따금 서재 이야기를 하면 사무실에 있는 자신의 방이 얼마나 좋은지 몰라서 그런다며 환하게 웃어주곤 하던 그였지 않은가.

　자신만의 공간이란 없어 불편하기는 해도 꼭 있어야만 되는 것은 아니라고 여기며 지내왔다. 그러나 이따금 나만의 세계, 나만의 공간을 절실히 원할 때가 있다. 조용히 비가 내리는 날이나 소리 없이 흰 눈이 사붓사붓 내려앉는 날이면 누구에게도 간섭받지 않고 전화벨조차도 들리지 않는, 오로지 내 숨소리만을 들으며 지낼 수 있는 나만의 세계가 필요하다.

　수십 년간을 아이들과 장인의 방을 마련하면서도 자신만의 작은 서재 하나 없이 지내온 남편. 이제 남편이 편히 쉬며 사색하는 서재가 꾸며졌다. 방에 들여놓은 가구들을 몇 번이고 만져보며 남편은 나올 줄을 모른다. 유리창 밖에는 우면산의 산자락이 휘돌아 짙푸른 속삭임이 들리는 듯하다. 내 아버지가 주야로 쓰시던 방, 장인의 체취가 채 가시지 않은 곳이라 더욱 좋다는 남편은 따뜻한 마음을 하나 가득 그 방에 채워 넣는다.

아버지가 숨쉬고 생각하고 소중히 여기며 지내시던 이 공간에 이젠 남편의 숨소리와 체취가 가득해질 것이다.

이제 남편은 떠난 이의 허탈감을 채워 줄 또 다른 인기척을 만들며 나를 안위시켜 준다.

해바라기

담 너머로 웃고 있는 해바라기가 좋다. 언제부터인가 나는 해바라기가 넘겨다보는 돌담 길을 자주 찾곤 한다. 바로 갈 수 있는 길을 일부러 돌아 발걸음을 그리로 돌리는 것이다. 펑퍼짐한 얼굴로 노랗게 웃고 있는 모습을 보면 내 마음도 따라서 넉넉해진다. 해님만 바라보고 사는 해바라기의 일편단심이 좋다.

나의 해바라기는 여섯 아이들이다. 오로지 그 아이들을 쳐다보며 이 자리까지 왔다. 내 해바라기들은 얼마나 많은 기쁨을 안겨주었던가. 빨간 해바라기, 노란 해바라기, 파란 해바라기, 각기 색깔과 개성을 지닌 해바라기들은 내게 큰 기대와 삶의 희열을 주었다. 그들로 해서 나는 보람을 느꼈고 사는 것이 즐거웠다.

　그랬기에 내 해바라기들은 끊임없이 내 곁에서 이어
피면서 언제까지나 제자리에 서 있을 줄 알았다. 그런
데 언제부터인가 자기만의 밭을 일구고 씨를 뿌리며 모
종을 정성스레 가꾸기 시작했다. 제각기 바라보아야 할
자신만의 대상을 만들어가느라 바쁘고 분주해지는 모
습을 나는 그저 바라보고만 있어야 했다.

　내 주위에는 아이들이 있어도 늘 부부 중심으로 살
아가는 이들이 많다. 우리와 달리 아이들이 우선이 아
니라는 생각을 지닌 사람들이다. 둘만의 조촐한 외식을
즐기러 나가기도 하고 둘만의 여행을 즐기기도 한다.
그들은 부부 중심의 생활을 강조했지만, 우리 내외는
그런 생각을 받아들이기조차 힘들었다.

　나는 지금껏 아이들을 위해서 헌신하고 아이들 중심
으로 가정을 꾸려나가는 게 옳다고 여기며 살아왔다.
아이들이 재산이요, 아이들에게 투자하는 사업이 가장
가치가 있음을 강조하며 그렇게 수십 년을 지내왔다.
우리 내외의 그런 가치관은 이 시대에서 벗어나고 뒤떨
어진 생각일 수도 있음을 알면서도.

　내 아이들은 각기 다른 모습들로 성장했다. 만지기도
아까운 크리스털처럼 조심스레 보듬고 가꾸어 이제는

어엿한 사회의 일원이 되었다. 이제 그 애들은 자신들이 해바라기할 대상을 찾느라 분주하다. 그러고는 저마다 씨를 뿌리고 비료를 주어 튼실한 해바라기를 키워가고 있다.

내가 살뜰히 보살펴주던 아이들을 하나씩 떠나보내고 왜 이토록 허탈한가. 우리 내외는 서로를 바라보며 마지막 삶을 가꾸어야 하는데, 마주 보는 마음은 그저 쓸쓸하기만 하다. 떠났던 아이들이 모이면 식탁이 풍성해지고 집 안은 활기에 넘치지만 우리 내외만 있는 집 안은 적막할 뿐이다. 둘만의 대화를 찾느라 애를 쓰다가도 문득 돌아보면 역시 아이들에 대한 화제만을 입에 올리고 있음을 알게 되고, 그래서 또 우리는 마주보며 허전한 웃음을 흘린다.

우리 내외가 걸어온 삶의 뒤안길에는 늘 아이들이 있었다. 우리가 스러져 갈 그날까지 그 여섯 해바라기는 우리 뒤에 서 있을 것이다.

오늘도 나는 토담 울타리 너머로 훌쩍 키가 커버린 해바라기를 만나러 간다.

가야금과 바이올린

모차르트 바이올린협주곡 3번 2악장의 감미로운 선율이 연주회장을 가득 채운다. 내가 너무 긴장한 탓인지 처음에는 딸아이의 모습이 선명하게 보이지 않았는데 조금 있자 가느다란 현 위에서 춤을 추는 듯한 손가락이 눈에 들어오기 시작했다.

딸애가 바이올린을 배우기 시작한 것은 여섯 살부터였다. 작은 손가락으로 가느다란 줄을 짚어 소리를 내는 것을 대견해하면서 아이가 이 악기에 소질이 있는가를 살펴보았다. 그러던 어느 날 고전무용을 하는 시누이가 가야금을 빌려 와 연습하는 모습을 보고 아이는 틈만 나면 고모 방에 가 줄을 퉁기며 유치원에서 배운 노래를 그럴듯하게 흉내를 냈다. 바이올린을 까맣게 잊

어버린 듯 만지려고도 하지 않아 고모께 가야금을 빨리
되돌려 주라는 부탁까지 해야 했다. 그 후로도 아이는
가야금에 대한 호기심을 버리지 못해 계속 배우고 싶다
고 조르곤 하였지만, 그때마다 나는 못들은 척했다.

바이올린 소리가 어느 정도 들을 만하게 된 초등학교
5학년 때, 딸애는 어느 대학에서 주최하는 콩쿠르에 참
가를 했다. 예선을 거쳐 본선에서 연주를 끝낸 아이가
갑자기 보이지 않았다. 밖으로 나와 음대 구내를 샅샅
이 찾아다니는데, 어디선가 말소리가 들려 급히 내려가
니 한국무용 연습실이었다. 가야금과 장구 소리에 맞추
어 무용과 학생들의 춤 연습이 한창인데, 저만치 앉아
있는 조그만 아이가 눈에 띄었다. 얼마나 헤매고 돌아
다녔는지 얼굴에는 앙괭이를 칠한 채 천연덕스럽게 장
구 앞에 앉아 있는 게 아닌가. 장구 치는 학생 옆에 앉
아 곧잘 박자를 맞추는 낯선 꼬마가 신기해서 그냥 내
버려두었다는 교수의 말을 듣고 나는 어이가없어 한동
안 말문을 열지 못했다. 나를 보자 미안한 듯 눈치를 살
피며 따라오는 아이가 행여 내 극성에 억지로 끌려다니
는 것은 아닌가 싶어 측은한 생각마저 들었다.

딸아이들이 제각기 악기를 전공하면서 점점 전문 분

야로 들어서게 되자, 모두 외국으로 유학을 떠났다. 자기의 전공악기를 본격적으로 공부하기 위해 본고장으로 가고 싶다는 아이들의 뒷바라지를 하면서도 한편으로는 무엇인가 아이들 마음에 꼭 심어 주어야 할 것을 못해 보낸 것 같아서 아쉬웠는데, 그것이 무엇인지를 요즘에서야 깨달았다. 어느 날 서점에 들렀다가 우연히 발견한 《한국음악사》란 책에서였다.

"우리 민족은 예로부터 노래하고 춤추기를 좋아하는 민족으로 마치 한자의 음을 빌려 자기 생각을 기록한 이두(吏讀)처럼 중국의 금(琴)과 쟁(箏)을 기본으로 삼아 거문고와 가얏고를 만들어 우리의 음악을 연주하였다고 한다. 또한 6세기 중엽 이후에 고구려에서는 구자악(龜玆樂)이라는 서역 음악을 들여와 많은 악기가 쓰이게 되면서부터 그들의 악기까지 받아들여서 우리 것과 접목시킴으로써 음악을 풍요하게 하였다. 당시 왕산악(王山樂)으로 하여금 거문고 또는 현금(玄琴)을 만들게 했는데, 그 악기는 진인(晉人)이 고구려에 보내 온 중국의 금을 개조한 것이라고 한다."

이렇듯 외국음악과 악기까지도 배격하지 않았음은 물론 그들의 것을 우리 것에 맞추어 음악을 발전시키고 보존하려고 했던 옛 어른들의 슬기로움을 생각하며 숙연해졌다.

이런 책을 좀 더 일찍 보게 되어 서양음악을 공부하는 아이들에게 한국음악의 뿌리와 또 선조들이 얼마나 우리 가락을 아끼고 사랑했는가를 알려줄 수 있었더라면 얼마나 좋았을까 하는 생각이 들었다. 서양음악의 역사가 깊은 것만을 부러워하고 그들의 것을 선호했던 지난날이 부끄럽기는 하지만, 이제라도 국악의 오랜 역사와 전통에 대해 조금이나마 알게 되었으니 다행이다. 이런 깨달음이 나에게 국악에 관심을 갖고 애정을 느끼도록 해준 동기가 되었음은 물론이다.

입시 준비를 하느라 독서실에서 늦도록 공부와 씨름하는 아들애를 차에 태우고 강변길로 들어서면, 라디오에서는 0시를 알리면서 국악시간이 시작된다. 얼마 전까지만 해도 이 시간이 되면 다이얼을 다른 데로 돌리곤 했지만, 이제는 흥미를 가지고 열심히 듣는다. 자꾸 들으면 들을수록 순박하고 우직한 가락에는 나약한 듯 또 시름이 실린 듯하면서도, 마음을 울리는 무엇이 가득 배어 있다.

십수 년 전 국악고등학교가 생긴 이후 국악원이 설립

되고 음악을 공부하려는 학생이 해마다 늘고 있다고 한다. 몇 년 전부터 KBS국악관현악단과 국립국악합주단, 사물놀이패의 연주회가 자주 열려서 우리의 음악을 어디서나 쉽게 들을 수 있게 되었다. 언젠가 필동에 있는 '한국의 집'에서 옛 악기 전시회가 열렸던 일은 음악을 아끼고 사랑하는 많은 사람들에게는 큰 기쁨이 아닐 수 없다.

마침 올해를 '국악의 해'로 정하고 여기저기에서 연주마당이 자주 열리고는 있지만, 우리 것에 대한 심층적 연구와 그것을 널리 보급하는 일에 힘쓰는 일이 더 시급하다. 국악이라든가 우리 것이라는 애매한 이름보다는 '한국음악'으로서 제자리를 당당히 찾아 지키고 불릴 때 비로소 후세에까지 튼튼한 뿌리를 내리게 될 것이다.

그토록 가야금을 하고 싶어 했던 아이가 이제는 여러 나라를 다니며 그들의 음악을 연주하는 연주자가 되었다. 일찍이 가야금의 열두 현과 바이올린의 네 줄의 공통점에 대하여 생각을 했더라면 동서양의 오묘하고 아름다운 음률을 훌륭하게 펼쳐 보일 수 있었을는지도 모를 일이다. 멋들어진 우리 가락을 이해하지 못하고 남의 것만을 좋아했던 나의 어리석음으로 귀한 전통과 역사를 모른 채 성장한 아이들에게 미안한 마음이 들었다.

마지막 악장을 마무리하는 딸아이를 바라보면서 모차르트 곡에 가야금을 섞어 어우러지게 한다면 어떤 음악이 될까, 상상을 해본다. 언젠가 아이가 아주 귀국하는 날, 먼저 해야할 일이 무엇인지를 찾아 일깨워 주어야 하는 것이 지금의 내가 해야 할 숙제임을 통감하며, 나는 딸아이에게 힘찬 박수를 보냈다.

50일의 작은 소망

창밖을 본다. 시리도록 파란 하늘, 보도에 내려앉은 낙엽들, 어느덧 대자연의 수채화가 퇴색하며 가을이 떠나가고 있다.

새벽부터 뿌린 늦가을 비가 그친 거리엔 행인들의 발걸음이 빨라지고 외투도 두툼해졌다. 겨울을 재촉하는 강한 바람이 불면서 그나마 몇 남지 않은 이파리마저 떨어지는 광경을 바라보니 별안간 마음이 조급해진다. 찬바람을 쐬면 치명적이라는 담당의 말에 바깥출입은 마음을 접고 말았다. 그래서인지 창밖의 풍경이 한 없이 그립기만 하다.

보름간이라지만 몸이 아파서 병원에 있다는 건 정말 고통스러운 일이다. 감기를 쉽게 여겨 차일피일 미루다

가 그만 폐렴으로 발전되어 급하게 입원을 했다. 낯선
병실은 찬 기운이 돌고 적막하다. 싸늘한 흰 벽 한쪽에
걸려 있는 한 장 남은 달력만이 새 환자를 맞는다.

　침대에 누워 달력의 숫자를 바라보다가 문득 남은 날
을 헤어보고 싶어졌다. 오늘부터 50일이라는 날을 지
우고 나면 2012년은 다시는 만날 수 없다는 생각이 갑
자기 떠오른다. 아, 그동안 그 많은 날들의 흔적도, 재
대로 이루어 놓은 것도 없이 흘려버리고 말았구나. 두
손을 다섯 번만 쥐었다 폈다 하면 또 다시 제야의 종소
리를 듣게 된다는 상실감이 온몸으로 차오르기 시작한
다.

　달력을 세세히 들여다보며 음력 숫자를 찾는다. 9월
말이니 올해의 끝은 아직 3개월이나 남아있다고 억지
생각을 하며 스스로 위로를 해 본다. 나답지 않은 생각
이 머릿속에서 불쑥 튀어나와 음력 날짜를 세고 있다
니, 한심하기 짝이 없다.

　달력의 숫자들이 커다랗게 다가와 내 앞에 죽 늘어선
다. "아직 많이 남았어." "하루가 얼마나 긴지 몰라, 실
망하지 마." 저마다 한마디씩 내 귀에 속삭인다. 두 손
을 저으며 "아냐아냐 아무 일도 할 수 없어. 금방 다 가

버릴 텐데." 간호사가 주사를 놓기 위해 흔들어 깨운
다. 깜박 토끼잠이 들었던 모양이다. 두 뺨에 눈물이 홍
건하다.

새해를 맞이할 때마다 흥분하며 새로운 꿈을 이루리
라 다짐했던 순간들, 새해맞이를 카운트하며 함성을 지
르고 폭죽에 나를 실어 끝없이 솟아오르던 그날의 기대
와 희망은 모두 어디로 사라졌을까. 바람처럼 날아가
버린 수 없는 날들의 그림자조차 잡을 수 없다니 허탈
할 뿐이다.

남편 사무실 주차장에 오래된 감나무 한 그루가 있
다. 해마다 주렁주렁 주홍색 열매를 달고 가지가 휘어
진 모습으로 초겨울을 맞는다. 남편은 그 나무에 달린
감을 한 번도 따온 적이 없다. 그저 먹음직스러운 붉은
감이 매달려있는 사진 몇 장만을 가지고 와 벽에 붙이
며 혼잣말을 하곤 했다. "감은 안 따올 거야! 까치들 밥
으로 남겨놔야지."

서리가 내리고 나면 감나무는 주글주글한 감 껍질만
매달고 앙상한 빈 등걸로 서 있다. 감나무도 흘러가는
세월에 순응하며 한 해를 마감하는 모습이다. 그래도
열매를 달아 사람들에게, 까치에게 나누어 주고 떠나니

내 모습보다는 윗길이지 싶다.

마음을 가다듬고 차분히 남은 50일을 계획해 본다. 텅 빈 가슴으로 이렇게 그냥 보내고 싶지는 않다. 하루 하루가 소중하다. 퇴원해서 해야 할 일들을 메모해보며 깊이 가라앉은 의식 속에서 서서히 헤어나야겠다.

첫해, 첫날 세웠던 각오와 약속이 아닌, 아주 작은 소망을 차곡차곡 채워가며 이 해를 마감하는 일만이 남은 날들에게 멋진 인사를 보내는 것이리라.

고개 숙인 시간

매년 있는 일이지만 올해는 네 아이들 음악회가 연거
푸 쉴 사이 없이 열렸다. 즐거운 일이기도 하나 이제는
고달프고 힘이 든다.

특히 넷째의 연주 준비가 유난히 힘에 부친다. 8개월
된 손자까지 돌보며 뒷일을 해주어야 하니 보통 일이
아니다. 딸애가 둘째를 가진 지 6개월에 접어들고 보니
상상할 수 없을 만큼 고되다. 잠깐 시간이 날 때마다 컴
퓨터에 앉아 가족 홈페이지 마감 작업을 하던 중에 별
안간 눈의 초점이 맞지 않음을 느꼈다. 그동안 너무 지
나치게 피곤해서 그러려니 했으나 연주가 있는 날 아
침에도 역시 물체가 보이질 않았다. 드디어 변고가 생
겼다.

안과의 진단은 망막 혈관의 출혈로 나왔다. 음악회는 마쳤지만 허탈하기 그지없었다. 레이저로 간단하게 시술이 되려니 했지만 종합병원의 진단은 심각했다. 지나친 과로에 신경을 과하게 쓸 때 일어나는 현상이라 생각할 겨를도 없이 대수술을 받고야 말았다.

수술 후의 내가 치러야 할 과정은 괴롭고 지루한 시간의 연속이었다. 24시간 내내 머리를 숙이고 있어야 한다는 게 어디 쉬운 일인가. 잠깐이라도 고개를 들 경우에는 망막이 떨어진다는 의사의 경고에 최선의 협력을 해야 했다.

고개를 숙이고 앉아 있자니 많은 생각들이 밀려왔다. 그중에도 가지가 무성한 큰 나무에 대하여 생각해 보았다. 수령이 비교적 오래 되었음직한 아름드리나무를 올려다보면서 알 수 없는 연민을 느끼곤 했다. 나이테가 족히 수십 년 내지는 더 많은 햇수를 살았을 그 나무는 울퉁불퉁 장구한 세월의 덮개를 두른 채 고달픔을 그저 묵묵히 견디며 가지를 뻗고 껍질이 벗겨지고 뿌리가 튕겨 나와도 여전히 나무는 그대로 그렇게 서 있을 뿐이다. 지난날들의 인고를 모두 끌어안고도 온갖 새와 곤충을 품어 주는 나무를 보면서 문득 돌아가신 부모님을 떠올린다. 바로 그 나무가 부모의 모습임을 왜 진즉 몰랐을까.

가슴속에 보물단지 하나를 깊이 묻어놓고 누가 알세라 의연하게 살아가는 부모의 마음을 나는 모른 채 지냈다. 자식을 낳아 기르면서 소리 없이 단지 속에 누구도 모르게 쏟아 부은 눈물은 얼마나 될 것이며, 참고 또 참아 숯검정처럼 타버린 재는 얼마나 쌓였을까. 이따금 건너편 산을 찾아가 산길을 걷다 보면 사람들이 나무에 기대어 서서 등을 쿵쿵 부딪는 것을 본다. 나무가 아프다고 불평할 리 없겠으나 사람들이 충격을 줄 때마다 나무가 온전할까 싶어 한참 동안 안타까운 마음으로 바라보곤 한다. 뿌리가 흔들리고 나무껍질이 벗겨지기도 할 텐데 어찌 사람들은 그런 무모한 행동을 하는지 알 수가 없다. 마치 어미를 괴롭히는 자식처럼 사람들은 나무를 괴롭히면서도 아무런 생각이 없는 듯이 보인다.

나무와 부모, 이는 서로 닮은꼴이란 생각이 든다. 봄 여름을 맞이한 나무는 화려한 계절을 누린다. 부모가 품안의 자식을 품듯 나무는 작고 큰 가지들을 품어 안고 싹을 틔우고 키워간다. 그러면서 계절을 떠나보내는 동안 나이테를 늘리고 몸뚱이는 시나브로 병이 들어간다. 나무가 그러하듯 품안에서 기쁨과 희망을 안겨주던 자식들은 둥지를 떠나 훨훨 자기 길을 향해 날아간다. 그래서 부모는 소슬한 가을을 맞고 쓸쓸히 동면의 준비를 하지 않으면 안 된다.

몇 날 며칠을 머리를 숙이고 있다 보니 조금은 기운이 떨어진 것 같다. 어쩔 수 없이 숙이고 있어야 하는 절대 시간들을 감당해야 하는 나의 모습은 누가 보아도 온전히 회개하는 여인의 모습이다.

지나 온 많은 시간들을 헤고 또 헤어본다. 한창 열정이 솟구치던 20대에서 30대를 돌이켜 본다. 누가 뭐라 해도 양보할 줄 모르고 내 방식대로 밀어붙이는 시절을 보냈다. 생각도 단순하고 사물을 보는 눈도 순수했던 것 같다. 실수도 있었지만 성취감이 더 컸다. 아이들을 양육하기 시작하고 어미의 본분을 익힐 즈음, 시행착오를 하며 강행군을 했던 30대 후반부터 40대에 걸친 세월이었다. 나무가 품었던 것들을 놓아버리는 겨울을 맞듯이 하나둘 내 품을 떠나가는 아이들의 뒷모습에 눈물을 삼키는 추운 시간도 겪어보았다. 사계절의 이치가 이러한 줄을 긴 세월이 지난 이제야 실감한다.

고개를 숙이고 겸손과 인내로 거듭나는 시간이었다.

그저 수술 후의 치료 과정으로만 넘기기에는 너무도 절실하고 귀한 시간이었다고 생각한다. 이런 일이 아니었다면 어찌 내 자신에 대한 성찰을 할 수 있었을까.

　이제는 어떤 일이든지 묵묵히 감내하며 남은 세월을 겸허한 나무처럼 살고 싶다.

느림 그 아름다움

싸라기눈이 조용히 내린다. 길목을 지나 아차산 어귀로 들어서면 좁다란 오솔길이 나온다. 느릿느릿 걸음을 옮기자 알싸한 나무의 향이 코끝에 스민다.

천천히 걸으며 이런저런 생각을 하다 보면 가끔 방향을 놓칠 때가 있다. 딱히 어디로 가야할 곳을 정하지 않고 들어선 산길이라 여러 갈래의 길을 거슬러 가기도 하고 한눈을 팔면서 갖가지 생각에 잠겨 길이 아닌 숲속도 걷게 된다. 그때 비로소 내 자신을 넉넉히 받아들이게 되는 것 같다. 낙엽이 발밑에서 부스러지는 소리에 귀를 적시고 부스러진 그 이파리를 보며 삶의 덧없음을 생각하게 된다.

어디를 가나 느림이 대접을 받지 못하는 시대가 되

었다. 빨리빨리를 추구하며 그 개념을 확산시키는 계층이 형성되고 있는 반면 자유를 갈구하며 편안함을 느끼고자 하는 것은 망상일 뿐, 서두름은 현대인의 병폐로까지 인식되고 있다. 일본의 다다 미치타로는 "세상에는 어째서 근면의 사상만이 판을 치고 있고, 게으름의 이데올로기는 없는 것일까? 경제학만이 유행하고, 어째서 '게으름학'은 없는 것일까?"(쓰지 신이치《슬로라이프》에서)라고 피력했다. 과연 나는 근면한가? 아니면 게으른가? 이 둘의 차이는 어떤 것일까. 이따금 새벽부터 일에 싸여 정신을 차리지 못할 때가 있는데, 이것은 근면이 아니라 근면이란 미명하에 자신을 학대하는 일부가 아닐는지.

자유를 만끽하며 편안함을 가질 수 있는 느린 삶은 누구나 누릴 수 있는 특권이며 행복이다. 산모롱이를 돌아 나와서 맞는 오솔길은 정적이며 낭만을 동반한다. 그리고 한가롭다. 느림에 몸을 실어 꼬불꼬불한 좁은 숲길을 즐기며 아주 천천히 걸어본다. 이것이 내가 산책을 즐기는 이유이며 삶의 여유로움을 되찾는 행보이기도 하다.

작곡가가 오선지에 쉼표 하나를 찍고 나면 심포니와

오페라, 콘첼토가 춤을 추며 현란한 몸짓으로 음률을
쏟아내고 지휘자는 긴 숨을 토하며 지휘봉을 높이 쳐들
고 피아노의 건반은 학의 날개처럼 펄럭이기 시작한다.
100여 명의 단원들이 저마다 혼신을 다하는 손과 팔놀
림에서 음역은 서서히 퍼져 흩어지며 감성을 흔드는 황
홀함이 장내를 뒤덮는다. 감동의 함성, 빠르고 광활한
소리의 춤사위에서 빠져나와 느릿하게 저 깊은 심연에
서 헤엄쳐 나오는 여유로움, 바로 느림의 아름다움이
다.

　연주를 앞두고 준비하는 아이들마다 "엄마가 앞서가
니 우리가 해야 할 게 없어요." 마치 저희들이 못 미더
워 먼저 서두르는 속마음을 꿰뚫고 있기나 한 듯 불평
들이다. 그러나 믿지 못하는 게 아니라 나의 일생이 '빨
리빨리'라는 관습의 노예가 돼 있는 것임을 아이들은
모른다.

　얼마 전까지만 해도 나는 그것을 근면으로 자부하며
교만을 부렸던 것이다. "하루 시간이 짧아" 하며 새벽
부터 할 일을 메모하고 분주하게 움직였다. 하루가 24
시간이 아니라 25, 26시간으로 늘릴 수 있다는 생각이
깊이 박혀 있었다.

일 년 열두 달 중 공연이 없는 달이 거의 없을 정도로 다섯 아이는 저마다 바쁘다. 그에 발맞춰 나는 더 바쁘다. 지인들 앞에서 될 수 있으면 '바쁘다'라는 말을 삼가려 해도 입에 붙어 저절로 튀어나올 때면 여간 면괴스러운 게 아니다. 그러나 오늘을 사는 사람이라면 바쁘지 않은 이가 어디 있겠는가. 초고속시대에 얹혀사는 게 현실이기 때문이다.

그러나 마음을 가다듬고 내면의 탐심을 쏟아내고 보니 그 근면의 정체가 그렇게 좋은 것만이 아니라는 게 느껴진다. 심성이 강퍅해지고 감성이 메말라 감동이 사라지기 일쑤다. 호숫가에 앉아 물이랑을 만들며 노니는 오리떼와 억새의 유유한 몸짓에 즐거워하며, 조금은 게으른 여인으로, 여유와 사색으로, 들꽃을 사랑하는 사람으로 서 있고 싶다.

어느 새 오솔길 깊숙이 들어와 느림을 즐긴다. 도시의 소음과 멀어져 가면 갈수록 내 안에 풍요함이 가득해진다.

느림, 은은하게 피어나는 꽃향기 같은 아름다움이다.

지울 수 없는 기억들

하늘이 캄캄해지면서 천둥 번개가 요동을 친다. 매년 장마가 소강상태 될 즈음이면 어김없이 찾아올 태풍에 온 신경을 곤두세우는데, 올해는 이렇게 대신하면 얼마나 좋을까 싶다.

얼마 전 책상에 앉아 수년 전부터 정리해야 할 지인들의 전화번호부를 보고 아연 놀라지 않을 수 없었다. 이름 석 자와 번호는 있는데, 이미 타계한 분들의 모습이 희미하게 지워지고 있는 게 당황스러웠다. 미처 인지되지 않았던 상황을 맞닥뜨리니 순간 머리가 핑 도는 것 같다. 그렇다. 십수 년 전부터 내 주변에서 아끼고 소중히 여기던 분들이 한 분 두 분 떠나가시며 바쁜 일상 속에 그분들이 차츰 잊히고 있었던 것이다. 그 당시 마음을 가누지 못한 채 노트 한쪽에 남겨두었고, 오랜 세월이 흐른 지금도 역시 나는 그 분들의 번호를 새 노트에 옮겨 쓰고 있으니, 받을 사람은 없으나 수신인 없는 편지를 쓰는 마음으로 허전한 가슴을 채우고자 하는 마음에서일까.

타계한 20여 분들의 전화번호만을 한 페이지에 쓰면서 더욱 마음이 아픈 것은 심지어 우리 음악실에서 연습을 했던 분들 중 외국 음악가들도 다섯 분이나 떠나셨다는 사실이다. 지금까지도 그 분들의 음악이 귓전에 잔잔히 들리는 듯하고 사인북을 펼치니 정겨운 글귀가 마음을 흔들고 있다.

딸들이 다 연주자이다 보니 매년 공연이 그치지 않고 열린다. 매번 귀찮을 정도로 초대전화를 할 때마다 반갑게 응대하며 늦은 밤에도 참석해 주신 분들, 공연 후 평자로서 좋은 글을 남겨주신 음악가 선생님들과 클래식 마니아로서 딸들 연주를 빼놓지 않고 찾아오셨던 분들 중 이렇게 떠나신 줄은 미처 깨닫지 못하고 있었다. 또한 문학계 원로 선생님들께서 타계하실 때마다 서운하고 숙연한 마음속 하직을 드리고, 유고집을 다시 읽으며 떠올려보지만 선생님들의 모습은 점점 내 뇌리에서 사라져 가고 있다.

이런저런 생각을 하면서 번호를 써 내려가니 한 분한 분이 내게서 떼어낼 수 없는 끈끈한 인연이라는 게 깊게 느껴진다.

며칠 전 친구가 세상을 떠났다. 어릴 적 초등학교 소꿉동무로 같은 여대 같은 과에 입학을 하여 수십 년 동안 자매처럼 지내던 친구다. 몇 년 사이에 이 친구까지 동창 중 넷이 떠나갔지만, 그래도 남아 있는 친구들은 여전히 전과 다름없이 지내고 있으니, 슬픔은 그때뿐이요, 망각의 세월에 실려 서서히 잊혀가고 있음이 슬프다.

이 세상 만물 중 생명이 있는 모든 것은 그 연한(年限)이 있다. 사계절의 이치같이 인간의 삶도 비슷하지 않을까 싶다. 태어나 성장 시기를 거쳐 성인이 된 후 자신의 삶을 가꾸고 자손을 양육하면서 서서히 쇠잔해 간다. 한철 나무가 아름다운 자태로 꽃을 피우고 사그라지듯 생명의 한계는 누구에게나 찾아오는 이치를 다시금 새겨본다.

언제 그랬냐는 듯 소나기가 그치고 드문드문 구름 사이로 파란 하늘이 숨바꼭질을 한다. 잊혀가는 것, 소멸

되는 것, 그 모든 것은 다시는 되찾을 수 없고 기억으로부터 점차 멀어지기 마련이다. 그렇기에 떠난 분들의 번호를 그대로 노트에 적어 놓는다면 살아가는 동안 그리움의 소통이 될 것만 같아 다시 펜을 잡는다.

모든 분들을 한 곳에 기록을 한다. 거기에는 돌아가신 내 부모님과 시부모님의 함자와 주민번호도 있다. 그저 내 맘을 달래기 위해서라고 스스로 위로하며 열심히 쓰고 있다.

다듬잇돌

가을을 여는 쪽빛 하늘이 드높은 아침이다. 오늘따라 두 개의 다듬잇돌이 그 위에 놓여 있는 난들과 더욱 조화롭게 보인다. 회색 바탕에 드문드문 흰색이 새털구름처럼 섞여 있는 것은 친정어머니의 것이고, 붉은색이 도는 차돌박이 다듬잇돌은 시어머님이 아끼시던 것이다. 건넌방이나 대청마루에 놓아두고 빨래를 손질할 때만 쓰이던 것이 우리 집에서는 장식용으로 쓰고 있다. 그보다 두 어머님을 생각하여 없애지 못하고 간수해 온 것이다.

1·4 후퇴 때 피란을 가기 위해 서울 집을 떠나면서 버리고 갔던 살림들은 수복이 된 후에 돌아와 보니 정원 군데군데에 망가진 채 뒹굴고 있었다. 그중에서도

반쯤 흙에 묻혀 있는 다듬잇돌을 발견하고 반가워하시는 어머니를 보면서 저런 하찮은 물건이 무에 그리 반가울까 하는 생각을 하기도 했다. 어머니는 놓여 있던 자리에 그것을 도로 갖다 놓고 매일매일 정성스럽게 닦으시곤 했다. 반질반질 윤이 나는 다듬잇돌을 들여다보면 내 얼굴이 거기에 비쳤다. 누런 광목과 옥양목에 명주이불 싸개까지 반듯하게 개어 다듬이질을 하시는 어머니의 모습은 전쟁 중의 고통도 다 잊으신 듯 평화로워 보이기까지 했다.

어머니의 다듬이질은 높낮음이 정확하고 리듬감이 있어서 듣기에 좋았다. 늦은 밤에 어머니의 다듬이 소리가 들리면 그 소리를 자장가 삼아 어렴풋이 잠이 들곤 하였다. 옥색 깃이나 분홍 깃이 달린 내 이불을 다듬이질하는 날은 어머니에게서 방망이를 뺏어 들고 내가 직접 두드리기도 했다. 그럴 때면 천이 칼로 벤 것처럼 터져 버리곤 해서 칭찬은커녕 꾸중을 듣기 일쑤였다.

결혼하여 시집에서 첫날밤을 보내고 아침을 맞이하던 날, 시어머님은 홑이불 몇 개를 빨랫감으로 내놓으셨다. 보기에는 아직 빨 때가 되지 않은 것 같았지만 시키는 대로 할 수밖에 없었다. 요령이 없어 진풀을 먹여

널었더니 빨리 마르지를 않아 다리가 저리도록 빨랫줄 앞에 서서 이리저리 뒤집어 널어야 했다. 다듬이질을 하려면 어지간히 말라야 방망이에 천이 달라붙지 않기 때문이다.

거의 저녁 어스름에야 다듬이질을 하고 시침질을 끝냈다. 부르튼 손바닥에서 물집을 짜내던 나는 다듬잇돌의 깊은 의미를 희미하게나마 알 것 같았다.

오래전부터 수많은 여인들의 숨겨진 애환을 달래주는 데 적지 않은 기여를 해 온 물건이 다듬잇돌이 아닐까 싶다. 다듬잇돌을 마주하고 온종일 빨래를 다듬으면서 고통과 슬픔, 미움까지도 가슴에 꼭꼭 다져 묻으며 인내를 길러왔을는지도 모른다. 마음속에 번뜩이는 갈등이 일 때마다 차디찬 다듬잇돌의 냉기로 출렁이는 불꽃을 식혔던 것은 아닐까. 그러나 때로는 밤을 지새우면서 의좋은 동서끼리 신나게 쌍다듬이질을 하며 정담을 나누었을 것이다.

시대가 변하여 옛것을 소중히 여기는 일이 점점 드물어지는 요즘, 나 또한 두 어머님의 다듬잇돌을 장식품처럼 놓아두고 집 안의 운치나 생각하고 있으니, 이러면서도 손때 묻은 유품을 잘 보관한다고 할 수 있을까.

88올림픽 때 주경기장에 울려 퍼지던 다듬이 소리를 들으면서 색다르고 정겨운 옛 풍습에 신기해하던 아이들, 그들에게 한 번쯤 다듬잇돌 앞에 앉은 엄마의 모습을 보여 줄 때가 있을는지.

푸새한 고운 명주나 옥양목 대신에 난 한 분씩을 얹고 있는 다듬잇돌을 대하고 앉으니, 그동안 버리지 않고 간직해 옴을 자랑삼던 자신이 면괴스럽기만 하다.

두 얼굴

　우수가 지난 지도 꽤 되었건만 아직도 옷 갈피 사이
로 스미는 바람이 차다. 거리에는 겨울의 끝이 채 숨어
들기 전에 봄이 성급한 날갯짓을 하고 있는 것 같다. 이
것저것 봄옷을 뒤적거리다 문득 작년 꽃샘추위에 떨었
던 기억이 떠올라 두터운 것으로 찾아 입었다.

　모처럼 친구들과의 모임이 있는 날이다. 30여 년의
긴 세월을 지내는 동안 자주 만나지 못했던 친구들이
기는 해도 마음을 온통 쏟아 놓을 수 있는 소중한 자리
다. 친구들은 세월의 훈장을 하나씩 달고 변해 있었지
만, 그래도 어딘지 모르게 소녀적 모습이 남아 있는 게
신기하다. 여고 시절의 일들이 하나둘 떠오르면서 마음
은 설레고 가벼운 흥분마저 인다. 옹기종기 모여 앉아

네잎클로버를 찾다가 풀꽃 반지를 만들어 끼던 작은 손가락, 토끼풀꽃으로 목걸이를 만들어 걸고 좋아라 하던 아름다운 모습들, 어느 한 가지 소중하지 않은 추억이 없다.

그러나 이제 그 손가락엔 커다란 보석이 반짝이고 저마다 살아온 연륜대로 치장한 친구들과 마주하고 보니 왠지 쓸쓸한 생각이 든다. 남편은 무엇을 하고 집은 몇 평짜리며 며느리의 친정은 아무개라는 대화를 듣고 있자니 점점 거북스러워진다.

차츰 마음의 문이 닫히기 시작한다. 어릴 적 해맑던 친구마저 계염스런 모습으로 변한 것이 슬프다. 넉넉한 생활은 누구나 바라는 것이지만 부를 좇다 보면 어느 사이에 탐욕스런 얼굴로 바뀌게 마련일까. 그저 묵묵히 식사만을 하는 나에게 친구들은 무슨 걱정거리가 있느냐고 궁금해 했다.

내 자신에 대하여 반문을 해 본다. 나는 누구일까, 어떤 성격의 소유자일까, 내 내면에는 몇 가지의 속성이 도사리고 있는 걸까. 거대한 빌딩 아래 섰을 때 왜소함을 느끼고 현기증을 일으키는 보잘것없는 인간임을 발견할 때처럼, 요즘 내 일상은 스스로도 다스릴 수 없는 지경이다. 걷잡을 수 없이 변하는 시대, 그 변화에 익숙해지지 못하는 내가 친구들의 모습에 너무 과민한 것인지도 모른다. 그들의 대화에 동조하지 못하는 것도 이런 어리석음의 소치가 아닐까.

마침 소년소녀 가장을 후원하는 단체장으로부터 몇 계좌를 부탁받은 김에 친구들은 해줄 것이라는 기대를 하고 입을 열었다. 한 계좌에 삼만 원이니 두세 계좌는 부담이 되지 않을 성싶어 열심히 설명을 했다. 그런데 순간 지금까지 왁자하던 좌중이 물을 끼얹은 듯 적막감마저 도는 게 아닌가. 묵묵부답으로 이따금 젓가락 부딪는 소리만 들리는 이 분위기에서 가능한 한 빨리 벗어나야겠다는 생각이 들었다. 슬며시 일어나 화장실로 갔다. 무안하기도 하고 실망스러워 콧등까지 움찔거렸다. 커다란 거울 속에 비친 나를 바라보았다. 거기에는 그들과 다를 바 없는 또 하나의 내가 서 있었다.

저들과 나는 무엇이 다를까. 그들에게 서운하다고 하기 전에 자신은 얼마나 떳떳한 인간인가. 찬물에 두 손을 깊이 담그고 마음을 다스린다. 누구에게 미루고 기대하기보다는 내가 할 일은 내가 먼저 해야 한다. 고급 의류를 걸치고 값비싼 보석을 달았다고 그들에게 무엇인가를 바란다는 것은 나의 이기심이다. 누구나 가치관은 다르다. 자신의 모습 그대로 살아가는 것이니 탓할 일이 아니다.

자리로 돌아오니 아무 일도 없었던 듯 좌중은 보석과 레저 이야기로 다시 떠들썩해졌다. 별안간 배가 헛헛해진다. 먹어도 채워지지 않을 것처럼 바람이 횡횡거린다. 방금 화장실에서 돌이켰던 내 모습은 온데간데없어졌다. 누구나 인간에게는 양면성이 있다는 것을 알면서도 그것을 인정하고 긍정적으로 받아들이는 데에 인색한 것일까.

의도적으로 친구들에게 마음을 열어 놓는다. 그들의 화제에 귀를 기울이며 긍정적으로 받아들이려고 노력한다. 그러자 지금까지 불편했던 마음이 차츰 편안해지기 시작한다. 문득 어느 화가가 그린 '야누스의 두 얼굴'이 떠오른다. 찬바람이 뺨을 스친다. 정녕 봄은 왔는데, 내 마음엔 아직도 잔설이 녹지 않은 듯 춥기만 하다.

고모님 텃밭

청수장 앞에서 버스를 내렸다. 전에는 먼 발치로 보이던 고모님 댁이 높은 건물들에 가려 보이지 않는다. 이제는 움푹 들어간 집이 되어버렸지만 붉은 장미만은 여전히 한창이다. 꽃나무들이 어우러진 안마당과 이것저것 심어 놓은 채소밭은 아직도 작은 농원을 연상케 해 준다.

고모님 내외분은 농사짓는 분들처럼 검게 탄 얼굴로 활짝 웃으며 나를 반기신다. 한동안 뵙지 못한 사이에 손마디는 더욱 굵어지고 거친 손등에는 굵은 힘줄이 불거져 있다. 상추를 솎아 내느라 바쁜 중에서도 나를 보자 어찌나 좋아하시는지, 아마도 두 분만이 지내시는 게 무척 적적하셨던 모양이다. 햇빛도 잘 받지 못하면

서 싱싱하게 자란 푸성귀를 보니 두 분이 얼마나 정성
스럽게 가꾸셨는지 알 수 있을 것만 같다. 처음 이곳에
오셨을 때만 해도 허허벌판에 집이라곤 어쩌다 한두 채
밖에 없었는데, 그것도 등산객을 상대로 한 구멍가게
뿐이었다. 건물은 낡고 허술해도 두 분은 굳이 터가 넓
은 집만을 고집하셨다. 이사를 거들어 드리고 돌아오던
날 저녁, 내 발걸음이 왜 그리도 무겁던지. 너무 외진
곳에 고모님을 홀로 두고 돌아서는 기분이었다.

어느 해 여름, 아이들과 고모님 댁에 가게 되었다.
떠나기 전부터 아이들은 시골에라도 가는 듯이 마음이
들떠 부산스러웠다. 오랜만에 찾아간 고모님 댁에서 흙
장난을 하기도 하고 주렁주렁 달린 포도와 토마토를 따
면서 신기해했다. 고모님은 손녀들의 노는 모습이 사랑
스러우신 듯 점심 준비를 하면서도 애들에게서 눈을 떼
지 않으셨다. 밭에서 손수 가꾼 채소들로 만든 반찬은
좀처럼 야채를 먹지 않던 아이들에게도 별미였던 모양
이다. 수북이 떠준 밥 한 그릇을 순식간에 비우고 풀어
놓은 강아지들처럼 이리저리 뛰면서 여간 좋아하는 게
아니었다. 아이들이 할머니를 따라 닭장에 들어갔다가
저마다 코를 움켜쥐고 뛰어나오는 바람에 한바탕 웃음

을 터뜨리기도 했다.

뒤란으로 가서 흙을 한 움큼 쥐어 보았다. 늘 두엄을 묻어 주며 정성껏 가꾸시더니 더욱 밭이 비옥해진 것 같다. 눈을 들어 건너편 언덕배기를 올려다보았다. 이 모든 것이 고모님을 붙들어 두는 이유가 되는가 보다.

외국의 차관을 얻어 짓기 시작한 ICA 주택이 생긴 것은 바로 이 무렵이었다. 마음만 먹으면 새집으로 이사를 할 수도 있었는데도 고모님은 그럴 생각이 전혀 없으신 듯했다. 그 주택은 모든 시설이 편리하고 현대식이어서 누구나 선호했지만 오직 두 분만은 아랑곳하지 않았다. 누가 이사 이야기라도 꺼내면 앞산에 붉게 피는 진달래를 보는 것이 얼마나 좋은지 모른다며 번번이 핑계를 대곤 하셨다. 그리고 십여 년이 지나자 골목 어귀에 있던 옛집들이 헐리고 새집들이 들어서기 시작했다. 어느 사이 청수장 길목에도 크고 작은 건물들이 빽빽이 들어서고 이삼 년 전부터는 함께 살던 이웃들이 하나둘 떠나갔다. 텃밭에서 일을 하시다가도 틈만 나면 떠나간 이웃집 대문 안을 들여다보시는 고모님, 어수선하게 널려 있는 깨진 독이며 양동이, 버려진 신짝들이 고모님을 더 허전하게 만들었을 것이다. 파헤쳐질 것

도 모르고 소복이 피어 있는 채송화, 한련 그리고 접시
꽃 한 소쿠리씩 따던 대추나무와 앵두나무가 뽀얀 먼지
를 뒤집어쓰고 있다고 안타까워하면서, 늘 함께 거름을
주며 텃밭을 가꾸던 맘씨 좋은 나주댁 얼굴을 떠올리며
눈시울을 붉히셨다.

이웃에 다세대주택이 들어서기 시작하자 아들 내외
와 충돌이 더 잦아졌다. 마침내 아들네만 강남으로 분
가를 시키고 나니 손자들의 얼굴이 눈에 밟히는 듯했
고, 이제는 사방으로 완전히 삼사 층 건물이 들어서서
온종일 햇빛 구경을 할 수가 없게 되자 거의 매일 밤잠
까지 설치시는 것 같았다.

그러던 어느 날, 고모님은 페인트 가게를 찾아갔다.
그러고는 흰 페인트를 여러 통 사들고 페인트공을 앞세
워 돌아오셨다. 집 안팎을 온통 하얗게 칠할 생각이라
고 했다. 그들을 따라다니며 감독을 하고 일을 시키는
고모님은 마치 한 소대를 지휘하는 소대장 같다는 생각
이 들었다.

집에 하얀 칠을 한 덕분인지 햇빛이 들지 않아 우중
충했던 집 안이 조금은 환해졌다. 텃밭의 푸성귀들도
햇빛 대신 흰 벽을 바라보며 자라야 될 것 같다고 쓸쓸

히 웃으시는 고모님이 부쩍 수척해 보였다.

라면 상자에 내게 주실 상추와 쑥갓, 숨음배추랑 시금치를 차곡차곡 넣으시는 고모님의 거친 손을 보는 순간 콧등이 찡해왔다. 그래도 힘있게 손을 흔들어 주시는 모습을 돌아보며 나는 대문을 나섰다. 언덕을 내려오는 길에 집이 헐린 빈터 여기저기에서 흙에 묻혀 있는 꽃나무들을 한 묶음 뽑아들었다. 활짝 핀 꽃들을 감싸 안으니 비로소 고모님의 깊은 마음을 헤아릴 수 있을 것만 같았다.

비록 햇빛을 잃은 터전이긴 하지만 작은 소망을 가꾸며 꿋꿋하게 살아가시는 두 분을 뵙고 나니 돌아오는 발걸음이 한결 가벼웠다.

봄비

지난밤 줄기차게 쏟아진 비 때문인가. 거리는 한결 말끔해 보인다. 이따금씩 바람에 날리는 최루탄 냄새만 아니라면 그런대로 오늘 아침은 이른 봄을 느낄 만큼 싱그럽다.

길섶엔 아직도 녹지 않은 눈더미가 드문드문 쌓여 있기는 해도 연녹색으로 옷을 갈아입기 시작한 나목(裸木)들은 어젯밤에 내린 비로 봄을 앞당겨 받는 듯싶다.

옷깃을 여미며 지하철역에 닿았다. 지하철 구내는 온통 매캐한 냄새 때문에 목이 칼칼하고 눈을 뜰 수가 없다. 사흘씩이나 시민의 발을 묶어놓았던 지하철 운행재개는 어느 개인의 기쁨이 아닌 대중의 기쁨으로 가슴에 와닿는다. 이것은 곧 활력이 용솟음치는 모습이어서 나는 흥분마저 일었다. 들뜬 마음으로 매표소 앞에 줄지어 있는 사람들 뒤에 서 있는데, 웬일인지 매표소 창문이 굳게 닫혀있는 게 아닌가.

노사 간에 타결이 된 날인데, 이번엔 또 무슨 일이 생겼는지 불안해하고 있으려니 열차 승차신호가 확성기에서 흘러 나왔다. 그러고 보니 눈이 붉게 충혈된 역원(驛員)들이 여기저기 몰려있었고, 이마에 붉은 띠를 동여매기는 했어도 그 모습은 지쳐보였다. 어쩔 수 없이 열차는 운행을 하게 되었지만 표는 팔지 않겠다는 완강한 그들의 생각과는 달리 매표소 앞에 서 있는 사람들은 꼼짝도 하지 않는 게 아닌가. 어느 누구도 밖으로 나가 차를 타려는 사람들이 없는 것을 본 직원들은 매표창구를 열고야 말았다. 관계 당국과의 대화 한마디보다 시민들이 보여준 무언의 항변이 그들의 마음을 움직인 것이다.

지금까지 일어났던 쟁의나 어떤 학생운동까지도 부정적으로 생각하며 살아온 나의 세대이지만 가끔은 그들과 동참하는 내 자신을 깨닫고 놀랄 때가 있다. 문득 수년 전 농촌에서 들리던 안타까운 목소리가 생생하게 되살아난다. 정성을 기울여 사육하던 돼지의 가격이 폭락하자 사료비를 충당할 수없어 헐값에 처분해야만 했던 농촌 사람들의 아픔을 생각할 때면 나는 착잡한 심경이 되곤 한다. 또 언젠가 오일장이 서는 성남 모란시장에서 어느 시골 여인에게 마늘을 사면서 힘들여 이고 온 마늘을 몽땅 팔아보았자 고등학교에 다니는 아들의 등록금이 마련되지 않는다고 애태우는 모습도 보았다. 검게 그을려 거칠어진 손에 마늘 값을 쥐여주고 돌아와 그 마늘을 다 먹도록 시골여인을 잊을 수가 없었다. 게다가 한없이 폭락한 마늘이며 배추와 감자를 밭에 놓아둔 채 썩혀버려야 했던 농작물 파동은 도시 사람들을 당혹케 하였다.

나의 어린 시절은 6 · 25 전쟁의 후유증에 시달리며 다 보냈다고 해도 과언이 아니다. 마치 이념의 표상인 것처럼 으레 앞세우는 붉은색은 어린 내 가슴에 깊이 박혀 지워지지 않았고, 그 느낌은 오랜 세월이 지난 지금까지도 생생하게 남아있다. 그 후로도 학생 시위가 빈번했고 재일동포 북송반대와 유신헌법반대 등 학생들이 참여한 데모는 한두 가지가 아니었다. 시민과 학생이 합류한 4 · 19 운동은 단순한 궐기대회가 아닌 학생의거였다. 내가 최초로 의분을 쏟아내며 참여했던 운동이기도 하다. 그러나 이런 여러 형태의 운동과 시위가 사회의 나쁜 영향을 끼친 것만은 아니지 않는가. 어렸을 때 기억 때문에 이삼십 대까지는 그들에 대하여 긍정적으로 받아들이지 못했지만, 차츰 세월을 따라 감정적에서 이성적으로 변화하기 시작하면서부터 어떤 운동이나 시위라도 이해하고 수용해보려는 마음이 앞섰다. 그러면서 그들의 고민과 아픔에 대해서도 어렴풋이나마 알 것 같았다. 근래에도 크건 작건 집회나 시위가 있는 곳엔 머리띠와 완장을 두른 모습을 쉽게 볼 수 있다. 붉은 글씨로 구호를 써 넣은 대자보와 현수막을 보게 되면 나는 문득 어릴 때의 기억이 떠올라 섬뜩할 때도 있다. 그렇지만 어느 시대나 학생운동과 노사 문제는 항상 있었고 앞으로도 있어질 것인데, 다만 그것이 분규나 혼란으로 발전되지 않고 오히려 화합을 위한 밑거름이 된다면 얼마나 좋을까 싶다.

무엇이든 스스로 체험하지 않고는 확신이 없는 것처럼 농민의 아픔을 앓아보지 않은 도시인으로서 어찌 이런저런 말을 할 수 있을까. 학생운동이나 노사 간의 갈등에 빚어지는 아픔이 어떤 것인지도 모르면서 나는 단지 내가 처해있는 환경에 안주하는 방관자일 수밖에 없음이 안타까울 뿐이다.

이런저런 생각에 잠겨 있다 보니 어느새 양재역에 도착했다. 조금 전 지하철 구내에서 푸석푸석한 얼굴로 서 있던 역원들의 모습이 떠올라 씁쓸하기는 하지만, 그러나 한편 옳고 그름을 판단하여 묵묵히 자신의 생각을 행동으로 보여준 지하철역 많은 얼굴들을 생각하니 뿌듯하다. 층계를 뛰듯이 단숨에 올라갔다. 오늘따라 거리에 오가는 사람들이 내 동기간 같은 생각이 든다.

언뜻 보도블록 틈 사이로 이름 모를 풀 한 포기가 새파란 잎을 내밀고 있는 게 눈에 띄었다. 수많은 구둣발에 밟혀도 용케 살아있는 작은 풀잎에서 끈질기고 꼿꼿한 우리네의 숨결을 느낀다. 무슨 일에나 끝을 보아야 하는 인내와 의협심 또한 강한 민족이기에 학생운동이나 노동쟁의가 그 궤도를 벗어나지만 않는다면 무엇을 걱정하겠는가

비록 지금도 어느 곳에서 이런 일들은 되풀이되고 있겠지만 그래도 촉촉한 봄비를 맞고 파란 새순을 틔운 풀 한 포기에 우리의 밝은 미래를 예측해 본다.

땅따먹기

시장을 다녀오다가 골목 어귀에 옹기종기 모여 있는 개구쟁이들을 만났다. 그 애들은 땅에 주저앉기도 하고 무릎을 꿇은 채 흙바닥에 엎드려 땅따먹기 놀이를 하고 있었는데, 그런 아이들의 모습을 바라보니 어렸을 적 나 자신을 보는 것만 같아 감회가 새로웠다.

그 시절엔 사방치기나 줄넘기 같은 여자 애들만의 놀이도 많았으나 나는 유달리 깡통차기나 자치기, 말타기 같은 남자애들 놀이를 좋아하여 여자 친구들에게 따돌림을 당하기 일쑤였다. 땅바닥에 주저앉아 찢어지도록 손가락을 벌려 땅따먹기를 하는 날은 으레 내가 이겼는데, 유난히 긴 내 손가락 때문이 아니었나 싶다. 부채 모양으로 자꾸 늘어가는 땅을 보고 있자면 큰 부자가 된 것 같았다. 땅거미가 내려 어둑어둑해지기 시작하면 내가 땄던 땅을 모두 버려둔 채 집으로 돌아가야 하는 게 왜 그렇게 아깝고 마음이 놓이질 않던지. 땅부자가 된 날은 거의 잠을 설치다시피 하다가 날이 새면 뛰어 나가 어제 따 놓은 내 구역을 찾았다. 그러나 사람들의 구둣발에 흔적도 남지 않고 청소부의 비질로 말끔히 쓸려버려 얼마나 서운했는지 모른다. 그런 날은 더욱 열심히 손바닥을 펴서 땅을 땄지만, 그 영역이 영원히 내 것이 될 수 없다는 것을 알지 못했던 어린 철부지였다.

언젠가 재개발 지역에 살고 있는 사람을 만난 적이 있다. 철거 대원들과 몸싸움을 하면서 받은 아파트 입주권을, 형편이 안 되어 하는 수 없이 팔기로 했다면서 눈물을 글썽였다. 발을 구르며 통곡하는 주민들 앞에서 오랫동안 살던 집들이 포클레인에 무참히 무너졌다. 흙더미로 변해 버린 집터에는 기다리기나 한 것처럼 복덕방이 줄지어 들어서고, 마치 꽃술에 날아드는 벌떼처럼 입주권을 사려고 앞다투는 사람들의 모습은 보는 이의 마음을 더욱 아프게 했다.

사람은 언제까지나 자신에게 주어진 환경에 만족하며 살 수만은 없는 것 같다. 그 환경에 적응하며 소중함

을 깨닫기까지는 수없이 경험하고 터득해야만 하는 것
일까. 이재(理財)에 눈이 밝아서 한순간에 재산가가 된
주변 사람들을 볼 때마다, 그들은 어떤 가치관을 가지
고 살아가는 것일까 하는 의심마저 들곤 한다. 요즘 힘
들고 지저분한 일을 해야 하는 직종에 점점 인력이 부
족해지는 것도 쉽게 벌어서 편하게 살고 싶은 안이한
생각 때문이 아닐까 싶다. 땀 흘려 일하는 보람을 찾기
에는 이 시대가 너무 변해 버린 탓일까.

　내 주위엔 단칸방에서 살아가는 몇 가족이 있다. 몇
해 전 전세금이 폭등하기 시작하자 주인으로부터 전세
금 인상을 통보받고 괴로워하는 그들을 보면서 여간 착
잡하지가 않았다. 아무 대책도 없는 세입자들은 한없이
좌절하고 삶의 회의마저 느끼는 듯 보였다. 올려 달라
는 전세금을 낼 수가 없어 네 식구가 자살을 했다는 신
문 기사까지 대하게 되었을 때는, 그저 편안하게 살아
가고 있는 내 처지가 왠지 미안하고 송구스러웠다. 그
러나 그것도 잠시, 차츰 시간이 지날수록 아무 일도 일
어나지 않았던 듯 그 일은 내 머릿속에서 잊혀져 갔다.
나에게 닥친 일이 아니라 남의 일이기에 그들의 아픔이
끝내 내 것이 될 수는 없었던 것이다.

땅따먹기는 단순한 유년기의 놀이다. 고사리 같은 손
가락을 벌려 내 땅을 늘리려고 흙투성이가 되어 성을
쌓다가도 어머니가 부르면 그것들을 다 버리고 집으로
돌아가야만 했다. 그것이 바로 세상을 살아가는 순리(順
理)임을 알게 되기까지는 오랜 세월이 흘렀다. 우리가
욕심껏 재산을 늘리고 편안한 삶을 누리다가 어느 날
홀연히 떠나야 할 때, 그때는 어떤 소중한 것일지라도
다 놓아두고 갈 수밖에 없지 않은가.

날이 캄캄해진 것도 모르고 한밤이 내린 것도 모르고
땅놀이에 몰두했던 것은 내 자신 속에도 헛된 욕심이
깔려 있었던 증거가 아닐까.

지울 수 없는 기억들

초판 1쇄 발행 / 2020년 1월 30일

지은이   홍애자
펴낸이   윤형두
펴낸데   범우사

등록번호   제406-2003-000048호
등록일자   1966년 8월 3일
주소   (10881) 경기도 파주시 광인사길 9-13 (문발동)
전화   031)955-6900~4, 팩스 031)955-6905

ISBN 978-89-08-06314-3   홈페이지 www.bumwoosa.co.kr
       978-89-08-06000-5 (세트)   이메일 bumwoosa1966@naver.com